PROFIL D'UNE ŒUVRE

Collection dirigée par Georges Décote



# Le Barbier de Séville

## BEAUMARCHAIS

SYLVIE DAUVIN
Agrégée de lettres classiques

JACQUES DAUVIN
Agrégé de lettres classiques

# Sommaire



 ISSN 0750-2516 ISBN 2-218-**74 922**-x

## Cinq lectures méthodiques



ANNEXES

**FICHE PROFIL**

# Le Barbier de Séville (1775)

**Beaumarchais (1732-1799)**

Théâtre — XVIIIe siècle

## RÉSUMÉ

- **Acte I :** À Séville, à l'aube, Figaro reconnaît son ancien maître, le Comte Almaviva, déguisé en étudiant. Amoureux de Rosine, pupille du vieux docteur Bartholo, il veut s'en faire aimer sous l'identité de Lindor. Mais Bartholo, jaloux, la surveille. Figaro peut aider le Comte mais Bartholo s'apprête à épouser Rosine. Figaro propose au Comte de le déguiser en soldat pour le faire héberger chez Bartholo.
- **Acte II :** Figaro a pu avertir Rosine de l'amour que lui porte le prétendu Lindor ; elle avoue elle aussi son amour. Mais Bazile, maître de musique de Rosine, avertit Bartholo de l'arrivée du Comte à Séville. Figaro a surpris leur conversation. Bazile parti, Bartholo réussit à faire avouer à Rosine qu'elle a écrit une lettre. Arrive alors le Comte, jouant le soldat ivre ; il glisse une lettre à Rosine. Mais Bartholo s'en aperçoit et, après avoir chassé le Comte, réclame la lettre. Elle lui abandonne un billet sans importance.
- **Acte III :** Le Comte tente à nouveau de pénétrer chez Bartholo sous le nom d'Alonzo. Bartholo ne se défait de sa méfiance que lorsque « Alonzo » lui fait voir une lettre que Rosine lui a écrite. Rosine arrive et reconnaît « Lindor ». Le Comte lui donne rendez-vous mais Bartholo surprend la confidence. Furieux, il chasse Figaro et le Comte.
- **Acte IV :** Rosine s'inquiète du retard de « Lindor » à son rendez-vous. Bartholo la surprend alors et la persuade qu'elle a été trahie. Rosine avoue qu'elle attendait son amoureux et accepte d'épouser Bartholo. Il s'absente juste au moment où le Comte et Figaro arrivent. Almaviva révèle enfin son identité à Rosine qui comprend alors que Bartholo l'a trompée. Bartholo revient mais Almaviva vient d'épouser Rosine avec la complicité de… Bazile !

## PERSONNAGES PRINCIPAUX

– **Le docteur Bartholo,** tuteur de Rosine. Vieillard aux idées rétrogrades, avare, méfiant, coléreux et brutal.

– **Bazile,** ecclésiastique, professeur de musique de Rosine et conseiller peu fiable de Bartholo.

– **Rosine,** pupille du docteur Bartholo, jeune fille noble aux idées modernes, sensible, ni rouée ni candide.

– **Le Comte Almaviva,** grand seigneur espagnol touché par le charme de Rosine.

– **Figaro,** barbier, écrivain, musicien. Il a connu autant de succès que d'échecs, mais rien n'a entamé sa vitalité et sa joie de vivre.

## CLÉS POUR LA LECTURE

### 1. Tradition et nouveauté

*Le Barbier de Séville* comporte un mélange d'éléments traditionnels du théâtre comique et de nouveautés propres au XVIIIe siècle. Sa création la plus originale est Figaro.

### 2. Comique

La pièce mêle un comique de farce et de franche gaîté et un comique plus léger et spirituel.

### 3. Imbroglio

Beaumarchais complique l'intrigue en multipliant déguisements, quiproquos et contretemps qui créent des situations enchevêtrées.

### 4. Maîtres et valets

La relation entre maîtres et valets dans *Le Barbier de Séville* doit beaucoup à la comédie du XVIIe siècle, mais Beaumarchais innove en faisant du couple Almaviva-Figaro un duo unique.

### 5. Musique

*Le Barbier de Séville*, conçu à l'origine par Beaumarchais comme un opéra, a conservé des aspects musicaux; s'y mêlent airs chantés, refrains et chœurs, qui ont inspiré le compositeur italien Rossini.

PREMIÈRE PARTIE

# Résumé et repères pour la lecture

## RÉSUMÉ

Séville. À l'aube. Un gentilhomme madrilène fait les cent pas sous la jalousie[1] de Rosine, la jeune femme que, déguisé en étudiant, il a entrepris de séduire. Mais voici un importun... que le gentilhomme, caché, écoute composer gaiement, sur sa guitare, des couplets et se féliciter de ses trouvailles. Il reconnaît dans ce joyeux improvisateur « ce coquin de Figaro », son ancien valet, et l'aborde. Avec volubilité, Figaro expose à son maître, le Comte Almaviva (qui se cache sous le nom de Lindor), les pittoresques étapes de son existence : garçon apothicaire, littérateur malchanceux... Après quelques considérations ironiques sur la prétendue supériorité des grands, il critique violemment « la république des Lettres ». Voyages, prison, louanges, blâmes, « l'auteur tombé » a tout supporté philosophiquement. Mais silence...

## REPÈRES POUR LA LECTURE

### Deux scènes d'exposition

Ce début donne d'abord des informations sur le passé de Figaro et du Comte. Ces deux scènes exposent aussi la situation présente : le décor, les costumes et les didascalies indiquent que l'action se déroule « à Séville », « à l'aube ». Les protagonistes nous sont présentés. Enfin l'enjeu est exposé : il s'agit pour le Comte « d'être aimé pour soi-même », ce qui explique son déguisement.

Cette exposition présente une situation en apparence dramatique. Mais elle comporte des éléments de détente, tels que le costume bariolé et la chanson fort gaie de Figaro.

### Des monologues originaux

Ces scènes comportent deux monologues mais de nature différente : celui du Comte (scène 1) retrace les réflexions d'un libertin sur ses conquêtes amoureuses ; le monologue de Figaro (scène 2) marque, lui, une pause dans l'action et constitue un *faux* monologue,

1. Petite fenêtre à travers laquelle on peut voir sans être vu.

puisque Figaro y joue deux personnages : il est compositeur d'une chanson et en même temps critique de sa production.

**Figaro un nouveau type de valet**

Figaro a les traits du valet de comédie traditionnel : son physique (« gros et gras »), sa déférence à l'égard du Comte, enfin son goût pour le « vin », la « paresse » et l'amour. Mais la nouveauté consiste à le projeter au-devant de la scène et à faire de lui dès ce début un homme-orchestre et un philosophe : il est à la fois musicien, homme de Lettres, vétérinaire, barbier, voyageur au passé mouvementé. Beau parleur, il a le sens de la formule. Mais surtout, il renverse les rôles du théâtre traditionnel : alors qu'il devrait être le confident du Comte, c'est lui qui parle le plus et fait ainsi du Comte son faire-valoir. Enfin, il a avec son ancien maître une connivence toute nouvelle dans le théâtre. Mais Figaro ne se révolte pas et ne va pas jusqu'à remettre en cause l'ordre social.

## ACTE I, SCÈNES 3 ET 4

### RÉSUMÉ

Voici qu'à sa fenêtre paraît Rosine, un papier à la main : des couplets, dit-elle, de *La Précaution inutile*, drame alors à la mode. Bartholo, un vieillard qui ne cesse de maugréer, la surveille. Mais, la chanson tombe dans la rue. Un signe de Rosine au Comte — pendant que le vieil homme descend —, et voilà le papier lestement ramassé ! Bartholo devine la ruse de Rosine et ferme à clé la jalousie.

Le Comte lit fébrilement le papier ramassé : « c'est un billet » où Rosine déplore son infortune et demande à son mystérieux soupirant de se faire connaître. Figaro comprend alors les desseins d'Almaviva et lui offre ses services. Le Comte lui raconte la naissance de son amour pour cette beauté rencontrée au Prado (promenade de Madrid) et enfin retrouvée après six mois de recherche. Il la croit mariée au vieux Bartholo, mais Figaro le détrompe : elle n'est que sa pupille. Le Comte jure de l'arracher à ce vieillard toujours aux aguets, mais aisé à duper, selon Figaro. Sus au vieux tuteur ! Figaro, locataire (peu scrupuleux), barbier et apothicaire de Bartholo, a ses entrées dans la demeure. Première phase du combat : Figaro mettra à mal, par quelque médication, toute la maisonnée ; deuxième phase : le Comte, déguisé en cavalier, se présentera chez Bartholo avec un billet de logement et jouera le soudard ivre afin d'endormir tout soupçon. Le Comte répète son rôle sous l'œil critique du barbier. Mais voici que sort Bartholo...

### REPÈRES POUR LA LECTURE

#### Intérêt dramaturgique : entre exposition et action

La scène 4 apporte des informations décisives. L'histoire d'amour du Comte est précisée (voilà « six mois » qu'il recherche Rosine) ; le statut de Rosine est dévoilé : elle est « d'un sang noble ». On apprend une nouvelle d'importance sur Figaro : il est employé chez Bartholo.

En outre Figaro détrompe le Comte : il lui apprend que Bartholo et Rosine ne sont pas mariés. Ceci modifie l'intrigue initiale : Figaro pourra désormais aider le Comte dans son entreprise amoureuse.

Mais la scène relance aussi l'action : la poursuite amoureuse du Comte peut reprendre et Figaro échafaude déjà un plan qui permettra au Comte d'entrer chez Bartholo.

#### Figaro, metteur en scène, beau parleur

Dès le milieu de cette scène, la relation entre le maître et le valet se modifie : très vite, c'est Figaro qui mène le jeu en faisant répéter au Comte son rôle d'« homme ivre ».

## ACTE I, SCÈNE 5

### RÉSUMÉ

Bartholo se désole de s'être laissé duper. Inquiet du retard d'un certain Bazile, — chargé d'arranger pour le lendemain son mariage avec Rosine —, il s'en va le quérir.

### REPÈRES POUR LA LECTURE

#### L'action se précipite

Ce monologue apporte une information capitale : Bartholo veut précipiter son mariage. Le ressort de l'action est ainsi tendu par une première complication. Cette scène annonce aussi l'arrivée d'un nouveau personnage, Bazile, conseiller de Bartholo.

**Le caractère de Bartholo se précise**

Se trouve confirmée son hostilité à l'égard de Rosine, que, sans même la nommer, il désigne avec mépris par « elle ». Il a gardé aussi sa lucidité sur la situation — dont il a pressenti la bizarrerie — et sur lui-même (il parle de sa « sottise »).

**Une tension atténuée par la présence cachée de Figaro**

La présence de Figaro et du Comte cachés tempère la tonalité dramatique que pourrait avoir cette scène. En effet, l'imminence du mariage est connue de Figaro ; il va, par conséquent, pouvoir prendre ses dispositions pour contrecarrer ce projet.

## ACTE I, SCÈNE 6

### RÉSUMÉ

Le Comte, caché, a tout entendu et se désespère. Figaro le rassure : Bazile, maître de chant véreux et cupide, n'a aucune envergure. Or, derrière sa jalousie, se profile Rosine ; Figaro, prêtant sa guitare à Almaviva, l'exhorte à chanter une romance ; le Comte, dans des couplets improvisés, déclare son amour et révèle, pour la déplorer, son humble condition d'étudiant. Rosine chante elle aussi son amour, mais elle doit brutalement interrompre leur duo. Figaro rappelle son plan, puis disparaît, tout excité, chez Bartholo.

### REPÈRES POUR LA LECTURE

**Fin de l'exposition, accélération de l'action**

La composition des deux camps rivaux est scellée et aboutit à une symétrie : Bazile/Bartholo contre Figaro/le Comte, avec comme enjeu central Rosine. Figaro et le Comte ont, à la fin de l'acte, élaboré une stratégie pour entrer chez Bartholo. Enfin, la tonalité de la pièce est donnée : Figaro, par son dynamisme, en fait résolument une comédie.

Dès lors, l'action s'engage et s'accélère : elle est dynamisée par l'enthousiasme croissant de Figaro, marquée par le rythme alerte de ses répliques. Par ailleurs, la difficulté de l'entreprise amoureuse du Comte devient un ressort dramatique puissant, fil conducteur de tout l'acte I : Rosine est en effet un « Joli oiseau... difficile à dénicher ».

**Le Comte et Bazile, faire-valoir de Figaro**

L'antagonisme Figaro/Bazile apparaît comme un élément d'équilibre, mais d'opposition aussi : Bazile est l'intrigant de peu d'envergure, Figaro déborde d'inventivité.

Dans le couple Figaro/le Comte, la supériorité du valet se confirme. C'est lui le meneur : il fait répéter au Comte le rôle qu'il aura à jouer, l'encourage mais n'hésite pas aussi à le critiquer. Figaro ressemble enfin à un véritable magicien qui, « d'un coup de baguette », va résoudre tous les problèmes.

## ACTE II, SCÈNES 1 ET 2

### RÉSUMÉ

**Seule dans son appartement, Rosine écrit à Lindor, en se lamentant sur son sort. Mais à qui confier ce billet ? Au brave Figaro peut-être ? Surprise ! Justement le voici ! À qui parlait-il donc tout à l'heure ? Rosine brûle de l'apprendre, mais le barbier s'amuse à piquer sa curiosité, puis lui présente Lindor comme un parent qu'il comble d'éloges. Lorsqu'elle apprend qu'elle est aimée, Rosine, ravie, confie sa lettre à Figaro. Mais, dieux ! voici le tuteur... Juste le temps pour le barbier de se cacher dans le cabinet.**

### REPÈRES POUR LA LECTURE

**La dramaturgie : entracte et dosage des tonalités**

Entre les deux actes, Figaro a pu mettre à exécution une partie de son plan (« renverser tous les obstacles », I, 6). L'entracte remplit donc sa fonction traditionnelle.

Dans l'acte II, le lieu a changé : l'action se passe à l'intérieur de la maison de Bartholo dont à l'acte I, on apercevait, de la rue, seulement la façade et la fenêtre. On découvre ainsi l'envers du décor de l'acte I et l'espace est plus fermé. Le seul élément de décor commun aux deux actes est la fenêtre, frontière entre l'intérieur et l'extérieur ; elle a une fonction symbolique et dramatique : on attend que cette « barrière » soit franchie par le Comte ou Rosine.

Dans le début de cet acte, Beaumarchais varie les tonalités. La première scène est pathétique : Rosine y exprime son désarroi d'être enfermée. La scène 2 est comique et divertissante : le badinage malicieux entre Rosine et Figaro qui jouent à la devinette fait sourire.

### Une scène de badinage spirituel

Rosine laisse libre cours à son naturel. Elle hésite entre deux sentiments : d'une part, sa pudeur se marque dans les euphémismes qu'elle utilise pour exprimer indirectement son amour pour « Lindor » (quand elle donne la lettre à Figaro, elle prétend agir « par pure amitié ») ; d'autre part, elle cède à la curiosité : elle se trahit par la multiplicité de ses questions sur Lindor. Mais son excitation croissante se mêle d'une certaine inquiétude. Ces traits font de Rosine une ingénue du XVIIIe siècle, mutine mais réfléchie, à mi-chemin entre les jeunes amoureuses de Molière, moins spirituelles, et celles de Marivaux, à la personnalité plus complexe.

### Figaro et les femmes : meneur de jeu, conseiller

Figaro apparaît ici comme un meneur de jeu et un conseiller. Face à Rosine, il montre ici son goût pour le badinage ; valet fin et spirituel, il s'amuse gentiment de la curiosité de Rosine. Serait-il lui-même amoureux d'elle ? Le portrait qu'il fait d'elle peut le laisser entendre (« la plus jolie petite mignonne, douce, tendre… »).

Figaro joue aussi dans la deuxième partie de la scène le rôle de conseiller de Rosine dans sa découverte de l'amour.

## ACTE II, SCÈNES 3 ET 4

### RÉSUMÉ

**Rosine, seule, s'attendrit sur Figaro, mais à la vue de Bartholo, reprend vite sa broderie. La maisonnée mise à mal par les médications de Figaro, la chanson lancée par la fenêtre, mais surtout Rosine, qui,**

exaspérée par son tuteur, lui avoue avec colère avoir vu Figaro, tout cela accroît les soupçons de Bartholo. Rosine sort irritée.

## REPÈRES POUR LA LECTURE

La scène 3 est le pendant de la scène 1 : ce sont en effet deux monologues de Rosine qui tournent autour du thème de l'enfermement. De même, la scène fait écho à la scène 3 de l'acte I : il s'agit de deux confrontations tendues entre Rosine et Bartholo.

### Bartholo, personnage traditionnel mais renouvelé

Du barbon traditionnel, Bartholo a gardé la fureur permanente, qui le rend ridicule, et un solide mépris pour les valets et pour les femmes. À cela s'ajoute sa défiance systématique à l'égard de tous.

Mais Bartholo est plus clairvoyant que le vieillard de comédie et, par là, pas si aisé à duper. Ainsi, il a compris le rôle déterminant de Figaro dans ce qui se trame ; il a aussi parfaitement interprété ce qui s'est passé à la scène 3 de l'acte I, quand Rosine a lancé du balcon un billet pour le Comte.

### Rosine : l'ingénue devient habile

Rosine progresse dans sa stratégie pour résister à Bartholo. Elle utilise d'abord le mensonge : à Bartholo qui lui demande si Figaro est entré chez elle, elle répond : « Et qui peut y pénétrer que vous, monsieur ? ». Puis elle a recours à l'ironie (« murez les fenêtres »). Enfin, elle défie Bartholo et s'emporte. Ses progrès lui permettent de résister à Bartholo, mais au prix d'un aveu dangereux qui va corser l'action : elle reconnaît finalement que Figaro est entré chez elle.

### La dramaturgie : des tonalités mêlées

Beaumarchais fait alterner les tonalités. Les scènes 3 et 4 sont contrastées. La scène 3 est tendue : Rosine a peur de se faire surprendre et « meur(t) d'inquiétude ». La scène 4 est d'abord violente, puis progressivement Rosine prend le dessus, à la grande joie du spectateur. Le coup de théâtre final, quand Rosine avoue en colère que « oui, cet homme (Figaro) est entré » chez elle, marque que les rapports de force entre Rosine et Bartholo ont été en partie inversés. Mais entre eux la guerre s'est installée.

Le comique tempère la tension. Plusieurs sources de comique concourent à alléger la tension. Bartholo est un personnage caricatural qui s'irrite contre tous. Les attaques de Rosine le laissent désarçonné. En outre quelques détails plus subtils réjouissent le spectateur : d'abord le rappel que fait Bartholo de l'état pitoyable dans lequel Figaro a mis ses serviteurs, mais aussi les tours que le barbier a joués, pour le plaisir, à Bartholo, par exemple en mettant, « sur les yeux » de sa mule, « pauvre bête aveugle, un cataplasme ».

## ACTE II, SCÈNES 5 À 8

### RÉSUMÉ

Pendant que Bartholo appelle à cor et à cri ses deux valets, le premier, L'Éveillé, bâille à se décrocher la mâchoire, le second, La Jeunesse, vieillard infirme, éternue sans cesse. Il leur reproche violemment de ne pas l'avoir prévenu de la visite de Figaro. Les deux valets geignent, mais le tyran leur refuse le droit de récriminer.

Là-dessus, Bazile apporte une nouvelle bien plus fâcheuse : le Comte Almaviva vient d'arriver à Séville et sort tous les jours déguisé. Bartholo suggère de l'éliminer ; Bazile préfère à cette solution extrême l'efficacité satanique de la calomnie et offre ses services... en échange de quelques pièces d'or. Il est entendu qu'il ne reviendra plus jusqu'au lendemain. Bartholo le reconduit et ferme à clef...

### REPÈRES POUR LA LECTURE

#### Une péripétie essentielle

Une information capitale est dévoilée dans la scène 8. Bartholo apprend la présence à Séville du comte déguisé. Cette information permet que, dans le camp des « méchants », la résistance s'organise.

Cette péripétie a plusieurs fonctions. Elle accroît le danger couru par le Comte et relance l'action. Elle fait aussi frémir le spectateur : si Bartholo, comme il en a un moment l'intention, supprimait le Comte, la pièce tournerait au drame. Mais deux éléments désamorcent cette perspective. Tout d'abord, Bazile dissuade Bartholo d'assassiner le

Comte. Par ailleurs, les didascalies indiquent que Figaro « écoute » leur conversation : il pourra donc contrer les plans de Bazile.

**Bazile : l'espion hypocrite et véreux**

Bazile, personnage minable et vénal, correspond bien au portrait que Figaro en a dressé (I, 6). Les contours du personnage de Bazile se dessinent surtout dans sa tirade sur la calomnie.

## ACTE II, SCÈNES 9 À 11

### RÉSUMÉ

Figaro, du cabinet, n'a rien perdu de la conversation des deux « conspirateurs » ; il sort en ironisant sur Bartholo et sur Bazile. Juste le temps pour lui de prévenir Rosine qui accourt de l'imminence du terrible mariage et de la rassurer avant de… s'esquiver.

Bartholo, de retour, interroge Rosine sur sa conversation avec Figaro ; elle essaie de mentir : peine perdue… Le tuteur se livre alors à un dur interrogatoire pour lui faire avouer qu'elle a écrit une lettre. Ses trois preuves : le doigt de Rosine taché d'encre, une feuille manquante au bloc qu'il vérifie quotidiennement, la plume noire d'encre. Rosine multiplie maladroitement les mensonges : Bartholo, incrédule, va fermer sa porte à double tour.

### REPÈRES POUR LA LECTURE

C'est le troisième « combat », après ceux de l'acte I, scènes 3 et 4, entre Bartholo et Rosine.

**Bartholo, un policier**

Toujours aussi perspicace, il soupçonne le manège des lettres échangées entre Rosine et le Comte. Pour en savoir plus sur la lettre que Rosine a écrite (II, 1), il mène alors une véritable investigation policière. Ainsi, la majorité de ses phrases prennent la forme de questions et abondent en termes policiers et juridiques (« témoin », « déposition », « tort » ; « innocent », « innocemment »).

L'interrogatoire est mené avec une ironie méchante et une fausse politesse : Bartholo donne du « signora » à Rosine, il feint de s'excuser (« Certes, j'ai tort »). Cet interrogatoire se solde par une punition : « un double tour » de clé, c'est-à-dire la réclusion.

### La stratégie et les progrès de Rosine

On mesure ici les progrès de Rosine. Certes, ils sont relatifs ; elle souligne d'ailleurs elle-même ses failles : « Oh ! Imbécile... », se lance-t-elle à elle-même. Elle ne peut s'empêcher de « rougir » et sa confusion se marque dans ses nombreux apartés.

Mais, malgré ces maladresses, elle a pris de l'assurance. En effet, elle sait varier sa tactique face à Bartholo : de l'indifférence feinte, elle passe au mensonge, à la provocation et à l'ironie (« il serait assez plaisant.../belle preuve ! ») ; enfin, elle accuse Bartholo de malignité.

## ACTE II, SCÈNES 12 À 14

### RÉSUMÉ

Le Comte, déguisé en cavalier, fait une entrée bruyante, accompagnée d'impertinentes plaisanteries d'ivrogne. Il tâche en vain de glisser une lettre à Rosine que Bartholo s'empresse de renvoyer dans sa chambre.

Le tuteur s'inquiète de cette lettre, mais le Comte détourne la conversation : il provoque Bartholo par ses insolences. Le vieillard s'impatiente, quand Rosine accourt et tente de les calmer. Elle reconnaît alors Lindor qui lui glisse, à la barbe du vieux, quelques galanteries. Le Comte présente son billet de logement pour la nuit. Mais, fâcheux contretemps, Bartholo est dispensé de loger des militaires... Après un manège difficile qui n'échappe pas à Bartholo, Rosine parvient à se saisir de la lettre ; le Comte bat en retraite et sort.

### REPÈRES POUR LA LECTURE

### Un ensemble de scènes mouvementées

Ces scènes sont fertiles en rebondissements. Elles comportent d'abord un coup de théâtre, l'arrivée fracassante du Comte en soldat ivre. Puis le plan de Figaro se heurte à un contretemps : Bartholo est dispensé d'héberger des militaires. Enfin, diverses péripéties apportent du mouvement : le Comte doit multiplier les manœuvres pour remettre un billet à Rosine ; il mime une scène de bataille. Tout cela est emporté dans un ballet de sorties et d'entrées des personnages et aboutit à un retournement de situation : le Comte est éconduit mais il a pu glisser sa lettre à Rosine.

### Le Comte, comédien digne de Figaro

Bon comédien, le Comte suit point par point les conseils que lui a donnés Figaro pour jouer le rôle de soldat ivre (I, 6). Il joue sa scène de « bataille » avec une énergie débordante. Il partage aussi avec Figaro le goût des mots d'esprit, notamment lorsqu'il fait le « signalement » de Bartholo.

### Un festival comique

L'ivresse feinte, la chanson qu'improvise le Comte (scène 13), ses gesticulations quand il envoie les « parchemins » « au plancher » relèvent du comique de farce. S'y ajoute le comique verbal qui tient aussi bien aux sous-entendus grivois du Comte qu'aux expressions à double sens : ainsi le mot « lettre » désigne à la fois le sens propre d'un discours et le billet que le Comte destine à Rosine ; ailleurs, le Comte joue avec les sonorités (« paternel », « maternel », « sempiternel ») et il fait des calembours sur le nom de Bartholo.

## ACTE II, SCÈNES 15 ET 16

### RÉSUMÉ

**Bartholo, pour récupérer ce billet, essaie d'abord la bonhomie. Rosine prétend que c'est une lettre de son cousin, feint de l'avoir égarée, met enfin Bartholo en colère pour gagner du temps. Le tuteur, prêt à user de la force, va fermer sa porte pour éviter la fugue dont le menace Rosine. Juste le temps pour elle de substituer au billet, une lettre moins compromettante. Rosine, sauvée, s'amuse à jouer la comédie de l'évanouissement. Le tuteur tombe dans le piège, en profite pour lire en cachette le billet et découvre avec stupeur qu'il s'agit**

bien d'une lettre du cousin de Rosine. Celle-ci reçoit d'abord avec hauteur ses excuses, puis consent à la paix.

Mais Rosine se désole, car Lindor, dans son billet, lui recommandait la révolte contre Bartholo.

## REPÈRES POUR LA LECTURE

C'est le quatrième affrontement entre Bartholo et Rosine après ceux de l'acte I, scène 3 et l'acte II, scènes 2 et 11.

### L'ingéniosité de Rosine

Rosine utilise des tactiques variées. Elle se défend d'abord en paroles : propos enjoués, puis courroucés, rappel des règles morales élémentaires de discrétion, enfin menaces. Ensuite, Rosine passe à l'action : elle échange deux lettres, elle simule un évanouissement. Enfin, elle refuse de pardonner, puis feint d'accepter la réconciliation.

### Un tuteur ridicule et inhumain

Bartholo reste ici l'homme de la dissimulation : il feint la sollicitude mielleuse et, à la fin de la scène, le repentir ; mais, même quand il joue la comédie, il laisse percer son naturel violent ; si le tutoiement factice qu'il adresse à Rosine indique sa fausseté, le vouvoiement sévère auquel il revient par moments indique son autoritarisme. C'est justement cette inaptitude à se contrôler entièrement qui affaiblit sa position par rapport à Rosine.

### Des scènes comiques

Le comique provient du renversement de situation : c'est le trompeur (Bartholo) qui est trompé (par Rosine qui fait semblant de s'évanouir). Les jeux de scène viennent soutenir le comique : Rosine par exemple procède subrepticement à la substitution de lettres ; puis, faussement évanouie, elle « regarde finement » Bartholo.

Le spectateur s'amuse des prétentions de Bartholo quand ce vieillard parle de ses moyens de « plaire ». Enfin, la victoire de Rosine apporte définitivement à la scène sa tonalité comique.

## RÉSUMÉ

Docile aux conseils de Lindor, Rosine a (pendant l'entracte) déclaré la guerre à Bartholo : le tuteur ne sait plus à quel saint se vouer pour apaiser sa pupille rétive. Mais voilà qu'on frappe à la porte... C'est le Comte, déguisé cette fois en bachelier. Bartholo l'accueille sans amabilité, bien qu'il se présente comme Alonzo, élève de Bazile alité, dit-il ; les explications embarrassées du Comte accroissent encore les soupçons du tuteur. Décontenancé par tant d'agressivité, le Comte, pour rassurer le vieillard, lui abandonne un gage exorbitant : la lettre de Rosine. Il lui suggère même l'ignoble parti à en tirer pour réduire Rosine. Confiant, Bartholo propose à Alonzo, sous le prétexte d'une leçon de musique, une entrevue avec Rosine et va la chercher.

## REPÈRES POUR LA LECTURE

### Le règne de l'imbroglio

La pièce devient ici un véritable imbroglio, situation confuse marquée par l'entremêlement des fils de l'intrigue.

Premièrement, le Comte prend volontairement le risque de céder à Bartholo la lettre d'amour qu'il a reçue de Rosine ; mais, il est maintenant obligé de « prévenir Rosine » de cette initiative pour désamorcer l'utilisation malveillante que Bartholo fera de la lettre.

Deuxièmement, le jeu des déguisements et les quiproquos entraînent des conversations à plusieurs niveaux : Bartholo/le Comte, Bartholo/public, le Comte/public. Dans cet imbroglio, les répliques prennent un double sens : Bartholo n'a pas conscience de la justesse et du comique involontaire de sa remarque au Comte « Vous avez plus l'air d'un amant déguisé que d'un ami officieux ».

### Le Comte, digne élève de Figaro

Le Comte montre qu'il a tiré parti des leçons que lui a données Figaro pour jouer la comédie (I, 4). Censé être élève de Bazile, il sait parfaitement prendre le ton de son prétendu maître : ainsi il préconise la calomnie ; ceci rassure Bartholo qui reconnaît là les méthodes de Bazile.

En outre, avant de prendre un risque et d'arrêter une décision, le Comte délibère en aparté (s'agissant de la lettre de Rosine et de Bartholo : « *La lui montrer...* »). Enfin, il sait manœuvrer son adversaire : ainsi, il fait semblant de résister quand celui-ci veut lui faire rencontrer Rosine ; cela désamorce effectivement la méfiance de Bartholo.

**Une capitulation en trois temps**

La scène 2 repose sur les trois temps de la capitulation de Bartholo, rythmés par les façons dont il s'adresse au Comte : il passe de la méfiance (« *Monsieur le mystérieux* ») à la confiance (« *mon cher ami* ») à la complicité involontaire (« *ami officieux* ») ; ces phases sont appuyées par les apartés et les indications scéniques (« *Tenez, asseyons-nous* », suggère Bartholo pour marquer sa confiance).

La scène 2, comique et invraisemblable, est dans le droit fil de la tradition ; du reste, Beaumarchais souligne malicieusement sa dette envers la comédie traditionnelle en faisant dire au Comte : « Prenez garde que toutes ces histoires de maîtres supposés sont de vieilles finesses, des moyens de comédie ».

## ACTE III, SCÈNES 3 À 5

### RÉSUMÉ

**Le Comte, seul, avoue la crainte que lui a inspirée Bartholo, puis se félicite de son audacieuse remise de lettre.**

**Rosine paraît enfin, mais veut congédier sans douceur cet envoyé de Bazile qu'elle déteste. Soudain, elle reconnaît son amant et ne peut dissimuler sa surprise : pour justifier son émotion, elle prétexte un malaise. Bartholo, avec une tendresse intempestive, veut dispenser Rosine de sa leçon, puis insiste pour l'écouter, au désespoir des jeunes gens ; ils réussissent à échanger des déclarations passionnées en chantant les couplets de *La Précaution inutile*. Bartholo facilite leur duo en s'endormant comme un barbon ridicule. D'excellente humeur**

à son réveil, il donne une démonstration bouffonne de ses talents de chanteur et de danseur.

Danse burlesque que Figaro – tout juste arrivé – s'amuse à contrefaire dans le dos de Bartholo. Puis il s'efforce de distraire l'attention du vieillard en répondant par des insolences à ses accusations : la discussion s'envenime, Figaro bat en retraite, et prétend raser Bartholo qui, enfin, sort chercher un nécessaire à barbe.

## REPÈRES POUR LA LECTURE

### Des scènes à voir et à entendre

L'originalité de ces deux scènes tient à leur rythme. Tout d'abord, l'abondance des jeux de scène les rend divertissantes *à voir*. Certains sont grotesques : à la scène 4, Bartholo s'assoupit, puis se réveille à plusieurs reprises ; il danse « des genoux comme les vieillards » ; à la scène 5, Figaro singe Bartholo en dansant « derrière lui ». Certains jeux de scène sont plus discrets : le Comte « se hasarde à prendre (la) main » de Rosine (scène 4) ; la scène 5 repose sur le « jeu muet » entre Rosine et le Comte.

Ce sont aussi des scènes *à entendre*. En effet, la musique y joue un rôle déterminant. Un orchestre accompagne le duo des deux amants (scène 4) dont le chant est en relation directe avec l'action : la « bergerie » de Rosine et du Comte (scène 4) est une image de l'intrigue ; elle comporte des paroles qui pourraient être des didascalies de la pièce même : « Lindor s'élance/Il vient de l'embrasser ». Cela crée un effet de mise en abyme[2] : les personnages chantent leur propre histoire. En contraste avec le duo amoureux, la scène 4 présente le vieil air d'autrefois, ridicule, de Bartholo : « Veux-tu ma Rosinette/Faire emplette/Du roi des maris ?.... »

### Un barbon ridicule

Le comique tient aussi au comportement caricatural de Bartholo : il est tour à tour d'humeur enjouée (scène 4) et « en colère » (scène 5).

**2.** Procédé qui consiste à inclure dans une œuvre un passage qui reproduit une partie ou l'ensemble de cette œuvre.

Grotesque et gâteux, il imite de façon bouffonne les airs d'opéras («hi, ho, a, a., a...»).

### Figaro, un barbier spirituel

Figaro anime ces scènes par ses pitreries et sa virtuosité verbale. Il multiplie les impertinences à l'égard de Bartholo (scène 5). En outre, il se sort habilement des mauvais pas: il feint de comprendre tout de suite l'allusion que fait Rosine aux bonbons qu'elle aurait envoyés «*à la petite Figaro*», alors qu'il ne savait rien de ce mensonge de Rosine à Bartholo (II, 11).

Il est enfin le porte-parole de Beaumarchais par sa philosophie gaie et fataliste: «Où je ne vois pas de profit, je veux au moins du plaisir; et vive la joie!»

## ACTE III, SCÈNES 6 À 10

### RÉSUMÉ

**Se ravisant, Bartholo confie ses clefs à Figaro pour l'écarter de Rosine. Tout bas, il fait part à Alonzo-Almaviva des soupçons que lui inspire Figaro. Mais celui-ci laisse tomber la vaisselle dans l'escalier. Bien joué! Alerté par le fracas, Bartholo sort.**

**Le Comte s'apprête à révéler à Rosine qu'il a, par stratégie, remis à Bartholo sa lettre, mais voici déjà le vieillard, furieux des dégâts, et Figaro ravi d'avoir subtilisé au trousseau la clef de la fenêtre.**

### REPÈRES POUR LA LECTURE

Les entrées et les sorties (de Bartholo, de Figaro...) se multiplient à une grande vitesse, ce qui explique la brièveté de ces scènes.

### Bartholo victime de lui-même

Bartholo, dans ce tourbillon, perd sa lucidité, multiplie les erreurs et contribue ainsi lui-même à sa propre perte: il charge bien imprudemment le Comte de surveiller Figaro et Rosine (scène 5), il confie lui-même ses clefs à Figaro (scène 7)!

### Figaro, meneur de jeu bondissant

Figaro, réglant les entrées et les sorties, donne leur rythme à ces scènes. Il les égaie de ses mots à double sens : par exemple, à la scène 10, sa réplique « j'ai accroché une clef » signifie pour Bartholo que Figaro s'est accroché à une clef, mais pour le Comte qu'il a réussi à prendre la clef de la fenêtre. Même lorsqu'il est dans les coulisses, on sent sa présence : c'est lui qui assure la « bande sonore » (scène 8 : « *un bruit comme de la vaisselle renversée* »).

Il mène Bartholo à sa fantaisie : il réussit par exemple à le faire sortir (scènes 8 et 9). Il fait aussi avancer l'action, puisqu'il s'est emparé de la clef de la jalousie, préparant ainsi l'acte IV.

### Une information volontairement retenue

Le but du Comte était de prévenir Rosine qu'il avait cédé à Bartholo la lettre d'amour qu'elle lui avait écrite. Or cette information *n'*est *pas* donnée à Rosine. Beaumarchais empêche qu'elle soit communiquée pour compliquer encore l'imbroglio et créer les rebondissements nécessaires à l'acte IV.

## ACTE III, SCÈNES 11 À 14

### RÉSUMÉ

**Catastrophe ! Voici Bazile que personne n'attendait. Chacun a intérêt à son silence et s'évertue à l'empêcher de parler ; ahuri par cette unanimité insolite, il renonce, par prudence, à éclaircir le mystère de cet Alonzo qui se prétend son élève. Une bourse que lui glisse à propos le Comte le neutralise définitivement. Tous maintenant, pour des motifs différents, lui conseillent en chœur d'aller se coucher. Ne le dit-on pas souffrant ? Il préfère s'esquiver.**

**Après quelques commentaires attristés sur l'état vraiment inquiétant de Bazile, la leçon reprend. Le Comte parvient à prévenir Rosine d'une prochaine visite nocturne, mais Bartholo trouve suspect le manège de son barbier qui s'efforce en le rasant de lui masquer les amants, dont il s'approche : ce qu'il surprend de leur conversation lui**

révèle la supercherie. Il tempête ; Rosine se retire avec éclat. Le Comte et Figaro sortent aussi non sans couvrir d'insolences Bartholo qui, seul, suffoque de colère et se répand en imprécations. Il ne compte désormais que sur Bazile pour tout lui expliquer.

## ACTE IV, SCÈNES 1 À 4

### RÉSUMÉ

Bazile et Bartholo s'interrogent : qui est Alonzo ? le Comte ? son émissaire ? En tout cas, mieux vaut, selon Bazile, renoncer à ce mariage. Bartholo refuse : bien plus, il compte, pour vaincre Figaro, en finir cette nuit même, en s'aidant de la lettre cédée par le Comte.

Minuit ! Rosine, tout émue, s'inquiète de ne pas voir Lindor : l'aurait-il trahie ? Bartholo la rejoint, lui montre sa lettre, qu'elle reconnaît, affolée, et lui présente Alonzo — pour elle, Lindor — comme l'entremetteur du Comte Almaviva. Convaincue par ces calomnies, elle se voit livrée à un vil libertin : de désespoir, elle préfère s'abandonner à Bartholo et l'avertit même de l'arrivée imminente de l'amant perfide. Sûr de son fait, Bartholo va chercher main-forte.

Rosine, seule, pleure sur son amour perdu. Elle veut cependant affronter une dernière fois son séducteur, vers lequel, malgré elle, elle se sent encore attirée. La fenêtre s'ouvre : elle s'enfuit.

### REPÈRES POUR LA LECTURE

#### La péripétie fondamentale de la pièce

Le spectateur attend depuis la scène 2 de l'acte III la confrontation de Rosine avec la lettre qu'elle avait écrite à Lindor ; en effet, le Comte n'a pas pu avertir Rosine qu'il l'avait cédée à Bartholo. Cette péripétie est fondamentale car elle semble compromettre irrémédiablement l'entente entre Rosine et le Comte, qui jusqu'ici avait eu raison de tous les obstacles. On mesure le retentissement sur Rosine de cette trahison (supposée) de Lindor en comparant ses deux monologues qui encadrent cette scène : le premier (IV, 2) exprime l'inquiétude de l'attente amoureuse (« Lindor ne vient point ») ; dans le second (IV, 4), Rosine est désorientée et désespérée (« Que faire? [...] Ah! Malheureuse! »).

**Une lettre au parcours compliqué**

La lettre que Rosine écrit à Lindor (II 1) suit un parcours compliqué. Seul le spectateur connaît son réel trajet. Mais le Comte d'abord, Bartholo ensuite, lui inventent un autre itinéraire. Le schéma ci-dessous permet de mesurer la complication de cet imbroglio:

*Itinéraire réel (que connaît le spectateur):*

Rosine ➜ la donne à Figaro ➜ qui la donne au Comte ➜ qui, déguisé en Alonzo, la cède en gage de confiance (III, 2) à Bartholo ➜ qui la montre à Rosine (IV, 3).

*Ce que le Comte fait croire à Bartholo:*

Rosine ➜ l'aurait donnée à Figaro ➜ chargé de la donner au Comte ➜ mais elle aurait été interceptée par Bazile ➜ qui l'aurait confiée à Alonzo ➜ pour la remettre à Bartholo.

*Ce que Bartholo fait croire à Rosine:*

Rosine ➜ l'a donnée à Figaro ➜ qui l'aurait remise à Lindor/Alonzo ➜ qui l'aurait donnée à son maître supposé, le Comte ➜ qui l'aurait cédée à une maîtresse ➜ qui l'aurait par jalousie apportée à Bartholo.

**La tactique d'un vieillard odieux**

Bartholo se montre particulièrement habile. Il sait varier les tons: ainsi, il utilise le vouvoiement quand il veut susciter l'effroi chez Rosine, le tutoiement quand il feint la sollicitude et lui parle d'amour.

Il sait appliquer les conseils de Bazile sur la calomnie: ainsi, pour blesser Rosine, il prétend que le Comte a exhibé la lettre en se vantant de sa conquête. Il emploie des termes forts pour souligner la «noirceur» du Comte et mieux désespérer Rosine («homme affreux», «horreur», «le plus abominable complot»). Enfin, il prend un ton protecteur («mon enfant, je ne te quitte plus»). Mais, à la scène 3, Bartholo laisse percer le «plaisir» sadique qu'il pense tirer de sa «vengeance»: dans l'expression «Je la tiens», le pronom «la» désigne Rosine, assimilée à une proie.

À la fin de la scène, Bartholo semble avoir tous les avantages, mais il commet une erreur: celle de s'absenter.

## RÉSUMÉ

L'orage tonne : Almaviva et Figaro commentent leur entreprise. Le Comte, d'abord confiant, doute maintenant de son succès. Figaro écarte ses craintes avec ironie.

Rosine paraît, mais accueille froidement son amant, puis laisse éclater sa douleur et, pour le confondre, lui présente la lettre. Il suffit à Almaviva de révéler son identité pour que Rosine, pâmée, tombe dans ses bras. Mais, on a retiré l'échelle appuyée à la fenêtre.

Arrivent alors le notaire et Bazile, pour conclure le mariage de Rosine et de... Bartholo. Malgré sa stupéfaction, Bazile consent, contre une nouvelle bourse, à servir, avec Figaro, de témoin de l'union du Comte et de Rosine.

Mais voilà Bartholo, avec un alcade[3]. Il se démène, veut emprisonner tout le monde, annuler le mariage, retenir à tout prix Rosine. Peine perdue : c'est même à lui qu'on va réclamer des comptes, mais Almaviva pardonne. Bartholo se désole de cet échec dont Figaro tire la leçon : la jeunesse et l'amour triomphent toujours de la vieillesse !

## REPÈRES POUR LA LECTURE

### Une accélération effrénée

L'originalité de ce dénouement réside dans son rythme effréné. Tout d'abord, les péripéties s'y multiplient : arrivée du notaire, de Bartholo, de la police, reconnaissance d'Almaviva par Bartholo et Bazile, pardon magnanime d'Almaviva, acceptation résignée de Bartholo...

Ce mouvement est soutenu par le chassé-croisé des répliques : il tisse un réseau de conversations à plusieurs niveaux (Bazile/Bartholo ; l'alcade/Figaro ; Bartholo/le Comte ; le notaire/Bartholo...).

3. Agent de police espagnol.

### Un large éventail de comiques

La scène 8 commence dans une tonalité bouffonne à travers les gestes de Figaro « qui embrasse grotesquement don Bazile » ou de Bartholo qui « crie en prenant le notaire à la gorge ». En outre, les quiproquos créent un comique de situation : ni Bartholo ni le notaire ne savent plus qui est qui.

Mais il y a aussi un comique de mots, plus fin. Par exemple, Figaro joue sur les sonorités : il reprend un mot de Bartholo sans trop en modifier le son mais avec un sens tout à fait différent (« Bartholo. — Ah ! je me suis perdu faute de *soins* [= faute de précautions]. Figaro. — Faute de *sens* [= faute de bon sens] »). Enfin, règne dans ce dénouement la gaieté dont Figaro a animé toute la pièce.

### Que deviennent les personnages ?

Le Comte a retrouvé son statut de grand seigneur et ses prérogatives (« (Rosine) est ma femme ; à ce titre, [...] prétend-on me la disputer ? »). Les autres personnages s'adressent à lui avec les égards dus à son rang (« Bartholo. — Monsieur le Comte, je suis le serviteur de Votre Excellence »). Rosine, en jeune fille bien élevée, tout à son bonheur, reste discrète. Bazile, égal à lui-même, obéit à sa vénalité. C'est enfin Figaro qui tire la morale de l'histoire et confirme par là sa prééminence. Seul Bartholo a tout perdu : sa pupille et future femme, son pouvoir et son allié, Bazile.

### La morale de la pièce

Il ne faut pas chercher dans ce dénouement d'enjeu social et y voir la victoire de la noblesse sur la bourgeoisie. Figaro nous indique qu'on assiste là au triomphe de la « jeunesse et (de) l'amour » sur la vieillesse et la cupidité. Figaro, jusqu'au bout valet complice de l'amour et entièrement soumis aux règles de la comédie, prône une valeur chère au XVIII$^{e}$ siècle : la recherche du bonheur sur terre.

DEUXIÈME PARTIE

# Problématiques essentielles

# 1 *Le Barbier de Séville* dans la carrière de Beaumarchais

## LA CARRIÈRE D'UN « FIGARO »

On retrouve, dans la vie de Beaumarchais, la gaieté mêlée d'inquiétude, la verve, l'insolence, le goût des complications et de l'intrigue, l'esprit combatif, le passé mouvementé de Figaro : mêmes ambitions littéraires, même amour du théâtre.

### Une vie mouvementée

Pierre-Augustin Caron qui prendra le surnom de Beaumarchais naît le 2 janvier 1732. Fils d'horloger, il apprend le métier de son père et, tout jeune encore, invente un nouveau type de mécanisme de montres : l'intrigue du *Barbier de Séville* porte la marque de ce goût pour les mécanismes précis et bien réglés. Comme l'horloger du Roi lui vole son invention, Beaumarchais réussit à le faire condamner : Beaumarchais a en effet le tempérament combatif de Figaro. Puis il tente sa fortune et, passionné de musique, il enseigne la harpe et la flûte aux filles de Louis XV : il fréquente ainsi les Grands et la Cour, comme Figaro. Vers la trentaine, il se lance dans les affaires et voyage pour cela à travers l'Europe, notamment en Espagne, cadre du *Barbier de Séville*, patrie de Figaro. Mais, quelques années plus tard, pour une femme qu'un noble lui dispute, il se retrouve en prison, comme Figaro, lui aussi « emprisonné, libéré, réemprisonné » (I, 2). Sorti de prison, il devient agent secret et marchand de canons ; il travaille secrètement pour le Roi en Europe, vit des aventures palpitantes sous des noms multiples : Figaro lui aussi aime les déguisements, les pseudonymes... Il meurt le 18 mai 1799.

## Écrivain et compositeur à ses heures

Beaumarchais pense, comme Figaro, que « l'amour des Lettres (n)'est (pas) incompatible avec celui des affaires » (I, 2). Il s'essaie à tous les genres littéraires.

De 1757 à 1763, il écrit des parades, courtes pièces pittoresques, comme *Les Bottes de Sept Lieues, Jean-Bête à la foire*. Puis, en 1767, il se lance dans le drame, genre nouveau et d'avant-garde à cette époque. *Eugénie, Les Deux Amis* sont des drames larmoyants qui subissent des demi-échecs. On comprend alors la rancœur de Beaumarchais contre la « république des Lettres ». En 1775, il compose sa première comédie : *Le Barbier de Séville*, puis, neuf ans plus tard, *Le Mariage de Figaro* (1784), suite du *Barbier de Séville*. Son goût pour la musique lui inspire *Tarare*, opéra philosophique sur une histoire orientale, qui connaît un vif succès. En 1792, il revient au drame, avec *La Mère Coupable*, drame larmoyant qui fait suite au *Mariage de Figaro*.

Tout au long de sa vie, il n'a cessé de rédiger de petits pamphlets dirigés contre ses ennemis, des « mémoires » qui remportent un vif succès en Europe.

# *LE BARBIER DE SÉVILLE* : MÉTAMORPHOSES ET ACCUEIL

## D'un opéra à une comédie en cinq actes

En 1772, Beaumarchais — amateur de musique comme Figaro — propose un opéra-comique, *Le Barbier de Séville*, aux Comédiens-Italiens qui le refusent (jugeant sa musique faible, son sujet trop proche d'une œuvre du dramaturge Sedaine : *On ne s'avise jamais de tout*). Une année plus tard, il transforme son opéra en une comédie en quatre actes qu'il confie aux Comédiens-Français. La pièce comporte encore beaucoup de chants et de gamineries bouffonnes.

Mais il a des démêlés avec le Duc de Chaulnes dont il a pris la maîtresse. Le Duc corrompt le juge Goëzman qui fait emprisonner Beaumarchais. Tout Paris, que Beaumarchais a alerté sur ses infortunes par des « mémoires » pleins d'humour, attend *Le Barbier de Séville* avec impatience. Interdit la veille de la date prévue, *Le Barbier de Séville* n'est créé qu'un an plus tard et connaît, le 23 février 1775, une naissance tumultueuse. Entre-temps, Beaumarchais l'a amené aux dimensions des « grandes comédies » (cinq actes), y ajoutant maintes allusions à ses démêlés avec la justice.

L'échec est retentissant : « une désertion totale, une vraie désolation » : cette comédie en cinq actes paraît lourde, d'un goût parfois douteux. Beaumarchais, comme Figaro, est victime de la Cabale[1] ; l'affluence énorme a créé du désordre : « la pièce [...] avait besoin, pour être senti(e), d'un auditoire plus tranquille » (Grimm, *Correspondance littéraire*, mars 1775) ; la troupe se sent mal à l'aise ; bien des critiques blâment les parties chantées.

## Le succès en quatre actes

En trois jours, Beaumarchais se met « en quatre » (actes), revenant presque à la version originale. Grand succès, un dimanche, jour du « peuple », plus spontané dans ses réactions. La même année, Beaumarchais rédige pour les Comédiens-Français le *Compliment de Clôture*, sorte d'appendice au *Barbier de Séville* (il y dit « un mot de tous les ouvrages représentés dans l'année »). Deux ans plus tard, à la suite de ses démêlés avec les Comédiens au sujet du *Barbier de Séville*, il crée, pour défendre les écrivains, la Société des auteurs dramatiques (qui existe encore de nos jours).

Dans sa *Lettre Modérée* sur la chute et la critique du *Barbier de Séville*, il défend sa comédie en répondant précisément et sur un ton enjoué aux diverses critiques qu'on lui avait adressées : absurdité, invraisemblances, absence de plan, comique trop gros, personnages immoraux...

*Le Barbier de Séville* a donc connu une destinée aussi mouvementée que celle de Beaumarchais ou de Figaro.

1. Groupe d'individus qui ont décidé, à l'avance, de siffler une pièce de théâtre, quelle qu'en soit la qualité.

# 2 « Des héros neufs sur de vieilles marionnettes »

C'est en ces termes qu'André Roussin[1], acteur et dramaturge, met en évidence l'une des originalités du *Barbier de Séville* : certes, les personnages traditionnels du traître, du barbon amoureux, de l'ingénue, du soupirant et du valet ingénieux reparaissent dans une intrigue rebattue, mais Beaumarchais les fait sortir de leur emploi et leur donne une existence théâtrale propre.

## BAZILE, L'INTRIGANT MINABLE

À la création du *Barbier de Séville*, ce rôle ne fut guère remarqué. Quand Beaumarchais, dans la *Lettre Modérée*, insiste sur l'effet produit par « la scène de stupéfaction de Bazile [...] qui a paru si neuve au théâtre et a tant réjoui les spectateurs », il ne privilégie pas Bazile, mais le présente seulement comme l'élément d'un ensemble plaisant. Pourtant, malgré la dimension réduite du rôle (cinq scènes sur quarante-quatre), ce n'est pas un personnage banal. Son origine pose déjà son ambiguïté : il rappelle les traîtres de tragédie (Euphorbe dans *Cinna* de Corneille, Narcisse dans *Britannicus* de Racine) mais aussi les intrigants louches et vénaux des comédies (Frosine dans *L'Avare*).

Dans la lutte dont Rosine est l'enjeu, les deux « prétendants », Almaviva et Bartholo, sont appuyés par deux aides symétriques. En étudiant cette symétrie — tantôt ressemblance (Bazile apparaît comme un double raté de Figaro), tantôt image négative et diabolique —, nous préciserons mieux les contours de Bazile.

1. André Roussin, « Le Barbier de Séville », Conferencia, 15 septembre 1950.

## « Un pauvre hère »

À première vue tout semble les opposer : à l'un tenue d'ecclésiastique, stricte et noire, à l'autre un costume brillamment orné. Comme s'il pressentait pourtant une ressemblance entre eux deux, Figaro, pour mieux se distinguer de Bazile, en trace un portrait méprisant (I, 6) : il reproche à cet individu « besogneux » son absence de brillant — déjà sensible dans sa mise —, son manque d'envergure, même dans la friponnerie. Ils ont pourtant des points communs : même goût pour la musique, même sens de l'effet verbal.

Pour mieux souligner le caractère superficiel des connaissances de « l'organiste du grand couvent », Figaro dit qu'il « montre » la musique à Rosine (I, 6). Bazile est cependant tout pénétré de son art qui inspire sa vision du monde et marque son vocabulaire : « *pianissimo* », « *rinforzando*[2] », « dissonances », « accord parfait de l'or » (II, 8), « variations » sur... des proverbes (IV, 1). Il esquisse parfois des refrains : « *N'y comptez pas.* Votre mariage seul m'occupera toute la journée, *n'y comptez pas* », « *Restez,* docteur, *restez* donc ! » (II, 8).

Dans la tirade de la calomnie, il donne libre cours à son inspiration verbale et musicale : après une ouverture sombre qui donne le thème du morceau, il improvise un mouvement en crescendo soutenu par de saisissants effets de rythmes variés, de sonorités suggestives ou harmonies imitatives (« *s*e dre*ss*e, *siffle*, *s*'en*fle* »). Au fil de cette inquiétante comparaison musicale, il réussit à frapper tous les sens de l'auditeur : on est enveloppé, « empoisonné » par la calomnie, on la voit (« voyez », « à vue d'œil ») ; on entend son tonnerre assourdissant (II, 8). Alors que la bigarrure du style de Figaro réjouit, cette virtuosité inquiète. Bazile est un cuistre[3]. Il émaille son discours de latinismes empruntés au jargon scolastique, c'est-à-dire la langue souvent obscure parlée dans les écoles du Moyen Âge (« *bone deus* », « *concedo* », II, 8) ; esprit rétrograde, il affectionne les tours archaïques (suppression des articles : « rasant le sol comme hirondelle », « voyez Calomnie », ou des *pronoms* : « ne sais comment »).

**2.** Termes italiens qui indiquent, en musique, l'intensité des sons.
**3.** Homme pédant et vaniteux.

Comme Figaro, Bazile connaît le pouvoir de l'or: pour le barbier, «c'est le nerf de l'intrigue» et il en faut «beaucoup» (I, 6); Bazile, lui, reproche à Bartholo de n'avoir pas compris cette réalité et d'avoir «lésiné sur les frais» (II, 8). Mais Bazile fait un but de ce que Figaro considère comme un simple moyen: il est prêt à se mettre «à genoux devant un écu» (I, 6). Une bourse et le voici capable de tout comprendre, capable de trahir (III, 11; IV, 7).

Enfin, Bazile, comme Figaro, a le respect des Grands, mais avec servilité: «J'ai donc l'honneur de parler à son Excellence Monsieur le Comte Almaviva» (IV, 7).

## « C'est le Diable »

Si Figaro est «l'ange», «le dieu tutélaire» (I, 4) du Comte, Bazile apparaît comme l'âme damnée de Bartholo. Cet ecclésiastique ne jure que par le diable: «Il fait un temps du diable» et il faut rendre Almaviva et Figaro «plus noirs que l'enfer» (IV, 1). Quand il s'écrie «grâce au Ciel», c'est en fait pour se réjouir du succès de ses manœuvres diaboliques et il conclut d'ailleurs par: «Qui *diable* y résisterait?» (II, 8). «Le mal», «la haine», «la proscription» ont pour lui des charmes particuliers et il se réjouit malignement de ces «honnêtes gens près d'être accablés» par la calomnie (II, 8). Il manifeste un goût pervers pour ce qui est corrompu, «empoisonné», en «fermentation», et son imagination même porte la marque de ces tendances malsaines: il décrit la calomnie comme un être cauchemardesque, à la fois plante, reptile, oiseau monstrueux, ouragan dévastateur. Ne réussit-il pas à pervertir aussi le bon sens populaire en modifiant les proverbes (IV, 1)?

Quoi qu'en dise Figaro, Bazile n'est pas un «sot»: il a su constituer un réseau efficace d'indicateurs (« des gens d'une adresse», II, 8) et lui-même utilise ses dehors honorables d'ecclésiastique et de maître de musique pour recueillir ses informations: n'a-t-il pas appris presque aussitôt l'arrivée d'Almaviva, ses sorties déguisé, puis son déménagement? Lui-même devine, sous le déguisement d'Alonzo, qu'il se «pourrait que ce fût le Comte lui-même» (IV, 1). Même si, dans la scène de la stupéfaction (III, 11), il joue le rôle du complet ahuri, « étonné », « effrayé », il n'en sent pas moins l'étrangeté de la situation (« Qui diable est-ce qu'on trompe ici ? »). « Infatué de son art » (I, 6) de musicien et d'intrigant, il s'irrite de ce qu'on cherche à le manœuvrer et en sortant, il lance, pour montrer qu'il n'est pas dupe : « Je sens que je ne suis pas ici dans mon assiette ordinaire. »

### Un jouisseur hypocrite

Cet ecclésiastique sévère recherche — qui l'eût cru ? — les plaisirs de la vie : « Posséder est peu de chose, c'est jouir qui rend heureux. » On pense à la règle de vie de Figaro : « Où je ne vois point de profit, je veux au moins du plaisir, et vive la joie ! » (III, 5). Mais quelle différence ! D'un côté une affirmation sentencieuse, de l'autre une revendication pleine de vie. Hypocrisie, mais aussi fond de cynisme et d'impudence : il ne fait aucun cas de sa parole, et sans honte, commente à Bartholo l'importance de la bourse donnée par Alonzo (IV, 1). Il ironise même sur sa propre vénalité : « Quand j'ai donné ma parole une fois, il faut des motifs d'un grand poids... » (IV, 7).

Les interprétations de ce « Figaro cauteleux[4] » ont oscillé entre deux tendances : exagération comique du côté pauvre hère « dépourvu de panache et de prestige » ou, avec l'acteur Eduard de Max en 1916, caricature poussée jusqu'aux « dimensions d'un mythe satanique ».

## BARTHOLO, LE VIEUX TUTEUR DE ROSINE

Parmi les barbons de théâtre, amoureux et dupes, Bartholo mérite une place à part : Beaumarchais unit en lui les deux vieillards de la *commedia dell'arte*[5] : le riche, avare et souvent vicieux Pantalon, d'une part ; le pédant ridicule, appelé comme Bartholo le Docteur, et, comme lui, de noir vêtu, d'autre part. Cette double origine donne à Bartholo un relief suffisant pour que Beaumarchais puisse atténuer

**4.** Homme pédant et vaniteux.
**5.** Dans la *commedia dell'arte*, en italien comédie de fantaisie, les acteurs improvisaient à grand renfort de gesticulations : on y retrouvait toujours les mêmes personnages : Arlequin, Polichinelle, Pantalon.

les contours caricaturaux de ses modèles. Sans être donc un type littéraire sommaire, sans avoir pour autant la stature d'Harpagon, Bartholo présente des traits traditionnels — adoucis — mêlés à quelques touches fines et neuves

## « Signalement » du Docteur

Pour le Comte et Rosine, c'est un vieillard. Mais, pour ces jeunes, à quel âge commence la vieillesse ? On ne peut tirer d'indications sérieuses ni de la caricature tracée par Figaro : « C'est un beau gros, court... » (I, 4), ni de l'impertinent « signalement » qu'en compose le Comte : « Le chef branlant, la tête chauve... » (II, 13). Figaro associe des mots plus pour leurs sonorités — qui l'amusent — que pour leur valeur descriptive. Paradoxalement, c'est le rythme vif — plus que le sens — de ces quelques lignes qui peint le mieux Bartholo. Bien qu'il s'apitoie sur l'état de ses « pauvres jambes », qu'il lui arrive de s'assoupir un instant (III, 4), il déborde de vitalité et « toupille » (III, 4) toute la journée, crie, jure, frappe du pied de colère (II, 15 ; III, 5).

## « Oh ! le méchant vieillard ! »

Que cette exclamation de Rosine (II, 3) convient bien à Bartholo ! Ce « fripon » (I, 4) au *passé douteux* serait bien en peine de justifier sa « mauvaise administration » (IV, 8) des biens de sa pupille. Bazile fait allusion à « un jugement inique, un passe-droit évident » (II, 8) obtenus ou recherchés par Bartholo. Enfin, c'est sans doute en achetant de « bons et fidèles témoignages » (II, 14) qu'il a été dispensé par un brevet d'exemption de loger des soldats chez lui. Figaro le dit *avare* (I, 4). Certes Bartholo se montre regardant, même quand il s'agit de verser des pots-de-vin pour faire avancer ses affaires (II, 8). Pourtant Figaro lui doit cent écus (IV, 8) (Harpagon aurait-il montré autant de patience à l'égard d'un locataire si peu scrupuleux ?). L'avarice du Docteur — quoique réelle — ressemble assez peu à la ladrerie traditionnelle de Pantalon ou de Cassandre.

Le mot « nouveau » suffit à hérisser (I, 3) cet esprit étroit, hostile à toute innovation : trait traditionnel encore, mais remis au goût du jour.

Quelle aversion pour la «liberté de penser» et ce «tolérantisme» mis à la mode par l'*Encyclopédie* (I, 3)! Hors «l'autorité» (I, 3), point de salut. Ce «réactionnaire» prétend agir «au nom du droit le plus universellement reconnu, celui du plus fort» (II, 15) et affirme péremptoirement: «Je suis votre maître, moi, pour avoir toujours raison» (II, 7). Ses vitupérations contre cette «France où l'on donne toujours raison aux femmes» (II, 15) montrent assez sa xénophobie.

Il méprise le drame, genre nouveau que Beaumarchais, lui, croit promis à un brillant avenir. L'auteur, dans une note (I, 3), s'amuse à imaginer que Bartholo a composé autrefois une tragédie médiocre. Effectivement, certaines de ses répliques pastichent le style tragique: «Perfide Alonzo!», «Comment, sous mes yeux mêmes, en ma présence, on m'ose outrager de la sorte!» (III, 12). Par son refus des découvertes récentes — «l'attraction», «l'électricité», «l'inoculation», «le quinquina» —, il nous rappelle les médecins ridicules de Molière, les Diafoirus et les Purgon dont il conserve le diagnostic creux et incertain: «petit mouvement de vapeur», «affections spasmodiques» (II, 15). Enfin, du barbon traditionnel, il a gardé les préjugés misogynes: «Qui diable entend quelque chose à la bizarrerie des femmes?» (II, 4).

Qui donc trouverait grâce à ses yeux sinon lui-même? Il se trouve bel homme et les impertinences du Comte le piquent au vif, lui qui proclame partout que l'âge n'a en rien assoupi sa virilité (III, 5; IV, 3). Il se croit chanteur et danseur de talent (il réclame même des compliments sur son numéro: «Ah, ah, ah, ah! fort bien, pas vrai?», III, 4), prétend exercer mieux que personne la médecine (II, 13). Sûr de lui et de son intelligence («Il ne faut pas me dire les choses deux fois...», III, 2), il accable tout le monde de son mépris: «ces chiens de valets», «ce maudit barbier», les vétérinaires «manipulateur(s) ignorant(s)», les soldats.

## Un tyran impitoyable

Ce «*tyran*» (II, 3) *impitoyable et grossier* ignore tout scrupule: s'il hésite devant les propositions de Bazile, c'est qu'il s'interroge non sur leur moralité, mais sur leur efficacité (II, 8). Sans vergogne, il espionne Rosine dans sa chambre (III, 2) ou décachette son courrier. Quoique médecin, il compte pour rien la souffrance et même la vie d'autrui : il brutalise Rosine (II, 11) et, s'il n'était pas risqué de supprimer un grand d'Espagne, il assassinerait froidement le Comte mais... dans une « embuscade » (II, 8), car, malgré ses rodomontades, ses vantardises (« Je ne suis pas timide », II, 12), il ne brille pas par son courage. Cette sécheresse de cœur s'accompagne d'un certain sadisme : il aime tourmenter Rosine par d'incessants interrogatoires et l'énergie avec laquelle elle lui résiste, les « pleurs qu'elle verse » (IV, 1) avivent encore son désir. Il rit méchamment des suggestions calomniatrices d'Alonzo (III, 2). Pour que son triomphe et son « plaisir » (IV, 3) soient complets, il lui faut aussi tirer du Comte une vengeance raffinée.

*Mais Bartholo aime-t-il Rosine ?* Jamais d'accents de passion véritable, pas même quand il découvre la preuve que Rosine aime ailleurs : il ressent alors du dépit (« Ah ! la perfide ! », III, 2), mais ne semble pas vraiment touché. Arnolphe, dans *L'École des Femmes*, aime Agnès et souffre de voir qu'elle lui échappe : il supplie humblement, sincèrement (V, 4). Les douceurs de Bartholo s'intègrent toujours dans quelque stratégie (II, 15 ; III, 4 ; IV, 2). Il a beau prétendre : « Il vaut mieux qu'elle pleure de m'avoir que moi je meure de ne l'avoir pas ! » (IV, 1), il y a trop de symétrie dans cette formule pour qu'on la prenne au sérieux et, comme dirait Figaro, « Tudieu, l'amour a bien une autre allure » (II, 2). Et quel cynisme ! Il sait qu'il s'expose à des « accidents » (IV, 1) car Rosine progressera en ruse (II, 11). Son cri de victoire : « À la fin, je la tiens ! » (IV, 3) montre qu'il s'agit non d'amour mais d'une égoïste volonté d'appropriation (« Ne feriez-vous pas les derniers efforts pour la *posséder* ? », IV, 1), de la capture d'une proie à la chair jeune et fraîche dont cet amant vieillissant compte se repaître « la nuit, dans l'ombre » (III, 5) ! À la fin, Rosine lui est « soufflée » (II, 4), il reste sur sa faim, mais il ne meurt pas. Si l'argent qu'on lui abandonne ne le dédommage pas (IV, 8), c'est qu'il n'aime vraiment ni la richesse ni Rosine : ce n'est pas un passionné. Quelle différence avec Harpagon — l'Avare de Molière — !

## « Que ce diable d'homme est rude à manier ! »

Cette exclamation du Comte (III, 3) nous rappelle que Bartholo est «un obstacle dur». Dès son apparition, il interroge Rosine d'un ton rogue: «Quel papier tenez-vous là?» (I, 3), puis il ne se départit pratiquement plus d'une *méfiance «tous azimuts»*: portes fermées, jalousie cadenassée, lettres décachetées, questions, soupçons répondent à sa devise: «J'aime mieux craindre sans sujet que m'exposer sans précaution» (II, 4). Cette défiance se fonde sur une *vision désabusée* du monde (« vieillard [...] blasé», I, 4), qu'il justifie par son expérience (« Combien j'en ai vu de ces vertus à principes!», II, 4) et par des affirmations péremptoires: «Il n'y a *point* de vent, Madame, point de premier venu *dans le monde*, et c'est *toujours* quelqu'un... » (II, 4). S'il se contentait de se méfier, Bartholo ne se distinguerait pas des barbons naïfs et dupés du répertoire. Mais la nouveauté, c'est qu'il devine juste. «Le tuteur est un peu *moins sot* que tous ceux qu'on trompe au théâtre» *(Lettre Modérée)*. Les victimes du Docteur redoutent cette clairvoyance: il «voit clair» et tous craignent la sûreté de son coup d'œil. Rosine le compare à Argus, géant mythologique pourvu de *cent yeux*. Même remarque du Comte: «Il a des yeux!» (III, 3). Quand Rosine feint de ne plus savoir où est passée la lettre de Lindor, Bartholo, qui n'a rien perdu du manège, pointe du doigt: «Tu l'as mise là» (II, 15). Il lit sur les visages les émotions qu'on voudrait lui cacher: déception du Comte devant le brevet d'exemption (II, 4), trouble de Rosine...

Ne dirait-on pas qu'il surprend aussi les pensées? Écoutons le raisonnement qu'il prête à sa pupille: «*je suis seule, on ne me voit point*, je pourrai mentir à mon aise» (II, 11). Ce sont pratiquement les propos de Rosine: «Marceline est malade, tous les gens sont occupés et personne ne me voit écrire» (II, 1). Il devine projets et tactiques: il n'est pas dupe quand Rosine laisse tomber les feuillets de *La Précaution Inutile* (I, 3) et qu'elle essaie d'égarer ses soupçons (II, 5). Que Figaro s'efforce de lui masquer les amants, et Bartholo explose: «Il semble que vous le fassiez exprès de vous mettre devant moi pour m'empêcher de voir» (III, 12). Parfois, cette perspicacité fonctionne comme un « sixième sens » instinctif : il remarque qu'Alonzo a « plus l'air d'un *amant déguisé* que d'un ami officieux » (III, 2).

## Une agressivité sans relâche

Cette clairvoyance lui donne sur ses adversaires une supériorité encore accrue par diverses tactiques. Il s'efforce de décontenancer par la *brutalité* un interlocuteur qu'il sent peu sûr de lui : « Eh bien, Monsieur le mystérieux, parlez sans vous troubler, si vous pouvez » (III, 2). Pour intimider Rosine, il l'accuse avant d'apporter les preuves de sa conviction : « Cela est, vous avez écrit » (II, 11). Esprit observateur et logique, il transforme les faits les plus menus — un doigt taché d'encre — en « preuves », en « témoins » accablants pour obtenir les aveux de sa victime. C'est un terrible juge d'instruction et Rosine ne sait que répondre à ce réquisitoire articulé, pour le rendre irréfutable, sur des « donc », des « mais » (II, 11). Parfois, il préfère *l'ironie mordante*, où se mêlent feinte courtoisie et approbations sarcastiques : « Que cela est édifiant ! », « Certes, j'ai tort. » Il prend un malin plaisir à répéter, comme un écho rusé, les derniers mots de sa pupille :

> ROSINE. — [...] c'est ce que j'ai fait.
> BARTHOLO. — C'est ce que vous avez fait ?
> ROSINE. — [...] bonbons que j'ai envoyés à la petite Figaro.
> BARTHOLO. — À la petite Figaro ? (II, 11)

Il sait aussi cacher son jeu : quelle virtuosité pour convaincre Rosine de la trahison de Lindor ! Il la retient sans la brusquer, cherche à la rassurer en l'appelant par son prénom, en lui offrant son aide (« Je suis votre ami ») ; il feint l'indulgence (« À votre âge, on peut s'égarer »), choisit des mots propres à révolter Rosine (*« horreur », « abominable », « cet homme affreux », « piège », « complot »*) (IV, 3). Inquiétant, menaçant, il pourrait l'être, mais n'exagérons pas sa finesse.

## Un personnage de comédie : faiblesses et ridicules

Le critique du *Journal Encyclopédique* s'étonne que « le tuteur qui d'abord pénétrait tout, se laisse attraper comme un imbécile ». Mais à la comédie le barbon peut-il l'emporter, comme il le ferait dans la vie ? Par ailleurs, il est vrai que Bartholo semble, à l'acte IV, un peu trop soumis aux volontés de son créateur qui, contre toute vraisemblance, le fait sortir, le retient dans la rue pendant plus d'une scène, le temps de conclure le mariage du Comte et de Rosine. Cependant le Docteur a déjà quelques erreurs à se reprocher. Comment peut-il tolérer chez lui ce Figaro, mauvais payeur qu'il soupçonne des pires agissements (III, 8) ? N'aurait-il pas dû se douter que Bazile, cynique et vénal, se vendrait au plus offrant ? Parfois, sa méfiance, comme un ressort trop tendu, se relâche brusquement : quelle confiance subite dans cet Alonzo qui excitait au début ses soupçons (III, 2) ! Rosine même parvient à le jouer (II, 15). Peu à peu, il perd de son assurance : les colères de Rosine (III, 1), le manège de Figaro le déconcertent. Il va sortir, se ravise, hésite, et confie le trousseau au barbier : quelle faute (III, 5 à 7) !

Quoique se distinguant des autres barbons ridicules, comme les Géronte de Molière, Bartholo ne manque pas *d'aspects comiques*. La tradition en fit souvent un vieillard énorme et difforme : c'est tirer abusivement vers la caricature un personnage qui offre assez de traits réjouissants. Sans être « gâteux », il est affligé de tics divertissants : il se répète (« Je te plairai, je te plairai ! Quand je te dis que je te plairai ! », II, 15). Peut-on le prendre au sérieux quand il affirme par *deux fois* : « Il ne faut pas me dire les choses *deux fois*, il ne faut pas me les dire *deux fois* » (III, 2) ? C'est aussi une manie chez lui d'appeler par ironie les gens : « *Monsieur* le mystérieux » (III, 2), « *Monsieur* le raisonneur », « *Monsieur* le zélé » (III, 5). On s'amuse de ses tendances histrioniques quand, après s'être ridiculement assoupi, il chante « en faisant claquer ses pouces, et dansant des genoux, comme les vieillards » (III, 4) ou de son désespoir tragique devant le nécessaire à barbe en miettes (III, 10). Même ses colères ont parfois des accents cocasses : exaspéré par les calembours du Cavalier, il les reprend de façon assez bouffonne : « Allez au diable, Barbaro, Barbe à l'eau » (II, 14). On rit des onomatopées dont il ponctue ses récriminations contre La Jeunesse : « Et t'chi, et t'cha »... (II, 7).

On a parfois voulu humaniser ce personnage ni vraiment inquiétant ni vraiment ridicule en insistant sur ses quelques moments de détente : pendant la leçon de musique, il semble gagné par le charme des deux jeunes gens, plaisante, rit même. Faut-il le plaindre d'avoir fait le vide autour de lui, de ne plus pouvoir se confier qu'à « un Bazile » (IV, 1) ? Faut-il s'attendrir devant sa peur inconsciente de la mort quand il réclame des « choses plus gaies que toutes ces grandes arias (airs chantés) qui (lui) semblent autant d'enterrements » (III, 4) ? Ces questions dépassent la dimension réelle d'un personnage qui vaut surtout par les variations nouvelles qu'il apporte à l'emploi traditionnel du vieillard de comédie.

## ROSINE, LA JEUNE AMOUREUSE

Jeune, belle, « *d'extraction noble* » (*Présentation des personnages*), Rosine tient le rôle de l'amoureuse. Mais le personnage a été mis au goût du siècle ; physiquement d'abord : elle a le charme piquant des beautés de son temps « la plus jolie *petite mignonne*, douce, tendre, *accorte*, et *fraîche*,..., pied *furtif*,... bras *dodus*, bouche *rosée* » (II, 2). Mais cela suffirait-il à renouveler l'emploi ? En fait, ce sont plus les rapports privilégiés entre Rosine et l'auteur qui font d'elle un personnage presque inclassable, ni ingénue, ni rusée coquette.

### Une héroïne sentimentalement liée à son créateur

Rosine... Ce nom même qui associe *Ros*alie, nom de l'amoureuse dans le théâtre italien, et Paul*ine*, nom d'une femme aimée par Beaumarchais, prouve assez l'affection que l'auteur porte à son personnage.

Le *passé* de Rosine, contient, on le devine, quelque drame émouvant : elle a souffert et souffre encore ; traquée et espionnée dans tous ses faits et gestes (I, 3 ; III, 2) par un vieux tuteur (Bartholo) qui l'emmène partout (c'est à Madrid que le Comte est tombé amoureux de Rosine ; I, 4 ; II, 14), elle ne sait décrire son état que par des mots comme « malheur », « esclavage », « persécution », « horrible prison » (I, 3 ; III, 12) ; enfermée physiquement (« Cette *jalousie* s'ouvre si rarement », I, 3), intellectuellement (« Vous injuriez toujours *notre* pauvre siècle »), elle l'est aussi sentimentalement, puisqu'elle ne peut se confier à personne, sinon à elle-même : voilà pourquoi le monologue lui sied si bien (II, 1 ; II, 3 ; II, 16 ; IV, 2 ; IV, 4), pourquoi elle s'en remet à Figaro, qui lui a « montré quelquefois de la pitié » (II, 1), pourquoi elle ne sait signer que « *l'infortunée* Rosine » (I, 4). Cet esclavage lui a donné une seconde nature dominée par l'inquiétude : que d'exclamations effrayées : « Ah ! Grands dieux ! » (II, 2), « Vous me faites mourir de frayeur ! » (II, 2 ; II, 3). Même seule avec Lindor, elle oublie les mots d'amour pour ne penser qu'à la prudence : « Prenez garde, il a les yeux sur nous » (II, 14 ; III, 4). Elle doute même de son amant : « Ah ! Lindor ! si vous m'aviez trompée ! » (IV, 2). Fragile, elle crie quand Bartholo la brutalise (II, 15) ; sensible, elle s'évanouit à chaque émotion. Sa situation de recluse s'oppose en tous points à ses aspirations : jeune, elle montre un goût marqué pour le *plaisir* (le mot revient souvent dans ses propos) simple, naturel, sensuel : elle aime « respirer » « l'air » pur (I, 3) ; il suffit de relever les thèmes de sa romance (III, 4) : « amour », « printemps », « fleurs » « chants des oiseaux »... Elle est heureuse de s'entendre dire des douceurs (II, 2). Petit à petit, elle se laisse attirer par des plaisirs plus recherchés : celui de la comédie (son évanouissement feint, II, 15), celui de la conversation badine (II, 2) ; elle avoue :

> Mais quand on s'aime
> La gêne ajoute encor
> Au plaisir même. (III, 4)

## Une jeune personne bien sympathique

Et pourtant, malgré ces malheurs, que de qualités ! Noble, Rosine ignore cependant tous les préjugés sociaux : ses griefs contre son bourgeois de tuteur ne sont que sentimentaux. Elle ne se soucie ni de la « naissance », ni de la « fortune » (« Laissons là les jeux du hasard », IV, 6) et accepte volontiers de « partager le sort d'un infortuné» (IV, 6) bachelier. Même La Jeunesse souligne sa *gentillesse* (II, 7) qui transparaît jusque dans ses mensonges : elle a dû envoyer déjà bien des bonbons « à la petite Figaro » (III, 11) ! Malgré son existence pénible, elle a gardé spontanéité et fraîcheur.

Son *amour* révèle un *caractère entier* : la voilà bien vite « prise » (I, 6) ! Seule avec Figaro, elle trahit « étourdiment », « vivement » sa confiance en l'avenir par un futur plein d'enthousiasme (« Il en *trouvera,* Monsieur Figaro, il en trouvera »), par un « nous » révélateur (« Il *nous* (= Lindor et moi) perdrait ») ou par le rythme vif de ses phrases (« Un défaut, Monsieur Figaro, un défaut ! », II, 2). Que de fois, seule, elle soupire avec passion : « Ah ! Lindor » (II, 1 ; II, 16). Son amour s'étend à tous ceux qui côtoient Lindor : ne croirait-on pas à une sorte de « transfert » sur Figaro qui sert si bien son maître : « Que je l'*aime*, ce *bon* Figaro » (II, 3) ? Cet amour résisterait même à la pire des trahisons et la déception de Rosine est à la mesure de sa passion : son désespoir s'accompagne de larmes (IV, 4) et prend des accents tragiques (« Ah ! quelle indignité !.... Oh ! ciel, suis-je assez humiliée..., le perfide », IV, 3) qu'elle retrouve devant Lindor (« détester, misérable, lâche », IV, 5). Dans ses colères aussi, Rosine est entière : dans ses moments de révolte, elle provoque Bartholo (« Mais, Monsieur, s'il suffit d'être homme pour nous plaire, pourquoi donc me déplaisez-vous si fort ? »), l'injurie (« vieux jaloux », III, 12) et le maudit (« Et puissiez-vous en mourir de dépit ! », II, 4), avant de sortir furieuse.

## Sotte ? Ingénue ? Coquette rouée ?

Malgré l'attachement de Beaumarchais à Rosine et sa volonté de composer un personnage clair, critiques et interprètes se sont toujours demandé si Rosine était « l'innocence même » (II, 16), une « jeune ingénue au cœur simple » ou « cette petite personne parfaitement rusée et adroite dans ses plans » qui fait dire à Figaro : « Que de ruse ! » (I, 6).

La comparaison avec Agnès de *L'École des femmes* ne tient pas. Rosine a connu une autre vie que l'ingénue rendue ignorante à dessein : jeune fille moderne, elle a de l'instruction, étudie la musique, défend les progrès de ce « pauvre siècle » (I, 3). Serait-ce une illettrée qui irait chercher ses métaphores dans la mythologie grecque (« mon argus », II, 1), qui montrerait un tel art de la conversation (II, 2), qui userait, dans son billet, d'un style précieux et concis à la fois (I, 4) ? Rosine, consciente des bienséances, n'écrirait pas, comme Agnès : « J'ai peur de mettre quelque chose qui ne soit pas bien » (III, 4).

## Ni sotte, ni ingénue parce que lucide

Elle sait ce que lui veut Bartholo (Agnès ne se doute de rien), discerne ses amis (elle se confie tout de suite à Figaro, II, 2) de ses ennemis ; enfin, elle se sait trop vive (II, 2), a conscience de son inexpérience (« Je rougissais jusqu'aux yeux » ; « Je suis bien loin d'avoir cet usage du monde qui [...] assure le maintien des femmes », II, 16). Elle s'efforce de se tromper elle-même sur ses véritables sentiments, de se convaincre de la noirceur de Lindor, mais finit par reconnaître lucidement la force de son amour intact (IV, 4).

Beaumarchais défend aussi Rosine du reproche de rouerie : il l'a voulue *vertueuse et honnête* : son naturel sincère se révolte devant l'infamie de Lindor (IV, 3) ou de Bartholo (« C'est qu'il est inouï qu'on se permette d'ouvrir les lettres de quelqu'un ») ; enfin, une fois passée sa colère, elle ne garde aucun ressentiment contre Bartholo : « Grâce pour lui, cher Lindor ! Mon cœur est si plein que la vengeance ne peut y trouver place » (IV, 6). Mais, surtout, une vraie rouée ne se contenterait pas de cette ruse rudimentaire : un billet jeté par la jalousie, voilà ce qu'Agnès a déjà su trouver ; de petits mensonges gauchement improvisés (II, 15), mais impuissants à attendrir ou à abuser le méfiant Bartholo, de menus expédients. On mesure la *maladresse* de son prétendu évanouissement (II, 15) en le comparant à celui de l'acte IV : ici, pas un mot, la stupeur réelle qui précède un vrai malaise ; là, un surcroît d'exclamations caricaturales, auxquelles Bartholo ne croit que parce qu'il en a besoin. Dès l'acte II (scène 4), Rosine commet une grave *erreur* en donnant à Bartholo un précieux renseignement : Figaro est venu ; Bartholo établit alors le lien entre le barbier, sa maisonnée mise à mal et... Rosine. Plus loin, « les yeux baissés », elle répond « avec embarras » (II, 11). Quelle imprudente franchise dans son éloge du Comte (« gai, jeune... », II, 15) ! Enfin, ses fréquents apartés montrent assez qu'elle perd pied (II, 4 ; II, 11 : elle n'ose plus injurier Bartholo qu'à voix basse).

Il est bien rare que Rosine élabore vraiment un plan d'attaque (sinon à court terme) : c'est sans avoir pensé au moyen de faire parvenir à Lindor sa lettre qu'elle l'a écrite (II, 1) ; bien rare aussi qu'elle prenne l'initiative d'une ruse : c'est Lindor qui lui souffle une excuse pour son « Ah ! » de surprise mal cachée : « Le pied vous a tourné, Madame ? » (III, 4). Plus d'une fois, son visage trahit son trouble (Rosine. — C'est lui (Lindor), c'est lui-même. Bartholo (*vivement à Rosine*). — Qu'est-ce qu'il y a ?, II, 14). Dans la scène avec Bazile, si elle s'associe au « chœur », ce n'est que par mimétisme.

## Les progrès de Rosine

Une rouée aurait sans doute percé à jour le jeu de Bartholo (IV, 3). Cependant, — et c'est Bartholo qui, sur ce sujet, à l'œil le plus exercé —, Rosine fait des progrès : « Il faudrait ne pas rougir en déguisant coup sur coup la vérité ; mais c'est ce que vous ne savez pas encore » (II, 11). Au début, elle sait seulement prendre un ton surpris et désolé (I, 3), puis, soutenue par l'amour, elle arrive à mieux tenir tête à Bartholo (II, 4), gagne en prestesse (elle a vite fait d'échanger les lettres, III, 4) et élargit son registre, jouant tour à tour la mourante, la victime généreuse (II, 15), la coléreuse (III, 1 et 4), la coupable repentante (III, 4). Elle use de mots à double sens : son réquisitoire contre Bartholo (III, 12) sert à la fois d'aveu et d'acceptation du projet d'enlèvement à l'intention du Comte (« Je donnerai mon cœur et ma main... »). Enfin, elle tire profit de son expérience : elle joue sur la colère de Bartholo et esquisse un plan : « Si je ne le mets pas en colère, il n'y aura pas moyen de refuser » (II, 15). Ces progrès insuffisants pour venir à bout de Bartholo ne ternissent pas l'image de Rosine, que Beaumarchais absout d'avance (I, 3 ; II, 16) : « Que voulait-il donc qu'elle fît ? Que [...] notre charmante enfant épousât le *vieux podagre*[6] médecin ? Le noble établissement qu'on lui destinait là ! » (*Lettre Modérée*).

Ainsi, le seul visage féminin dans *Le Barbier de Séville* — pièce d'hommes — paraît bien sympathique ; bien divers aussi : par son emploi, Rosine touche au personnage de parade ; mais, par sa vertu, par ses exclamations théâtrales (même parodiques : II, 15), elle touche au drame et même (par son caractère entier, ses désespoirs, IV, 3 à 5) à la tragédie, tout en restant un personnage de comédie.

## ALMAVIVA, LE JEUNE SÉDUCTEUR

Qu'il se nomme Flavio, Léandre ou Lélio, l'amoureux de la *commedia dell'arte* manque de consistance ; les Clitandre, Cléante, Valère de Molière ne nous laissent pas un souvenir bien net et semblent parfois interchangeables. Or, Beaumarchais aide Almaviva à se distinguer de ses congénères par un procédé original : c'est le Comte lui-même qui cherche à se dégager de l'*emploi* où le retiennent sa naissance, les mœurs de sa classe, et… la tradition littéraire.

### « Un jeune seigneur » familier

Almaviva : ce nom donne déjà l'idée de la vivacité brillante de cet aristocrate qui ne saurait cacher bien longtemps sa naissance : malgré son déguisement, « son air altier et noble » (I, 2) le trahit et, sous les bouffonneries et les impertinences, Rosine voit « qu'il ne manque ni d'esprit, ni d'une certaine éducation » (II, 15). Sa libéralité révèle le grand seigneur, Bazile ne s'y trompe pas (« À la magnificence du présent qu'il m'a fait, il se pourrait que ce fût le Comte lui-même », IV, 1). Dès qu'il peut abandonner les déguisements, il retrouve le goût de l'habit magnifique (IV, 6). Sa situation lui donne des relations qu'il n'hésite pas à utiliser : il a, autrefois, recommandé Figaro auprès d'un « ministre » (I, 2) et sait que le colonel du Royal Infant — régiment récemment arrivé à Séville — n'aura rien à lui refuser (I, 4).

---

**6.** C'est-à-dire qui souffre de la goutte.

Mais, en cette « Excellence », ni hauteur, ni morgue : ce n'est qu'à la dernière scène que le Comte retrouve l'autorité qui convient à son rang : « Mademoiselle est noble [...], je suis homme de qualité, jeune et riche. » Généralement, il se comporte avec simplicité, surtout avec ce « coquin de Figaro » (I, 2) : c'est que le maître et le valet se ressemblent fort. Il le tutoie affectueusement, ironise gentiment sur ses déboires littéraires ; les deux hommes se comprennent à demi-mots : « Tu m'entends, tu me connais... » (I, 6), inutile d'en dire plus long. Même gaîté espiègle quand ils abandonnent Bartholo furieux en le moquant (« Il est fou, il est fou », III, 13).

## Un Don Juan amoureux

« Figure noble ! air doux ! une voix si tendre ! » (IV, 4). Comment, avec de tels avantages, ne pas s'adonner au libertinage ? À Madrid, Almaviva a joué les Don Juan et l'adultère ne l'effarouche pas : il croit Rosine mariée mais veut la séduire. Figaro, connaissant son passé amoureux, l'imagine engagé dans une nouvelle conquête passagère : aussi pense-t-il se mettre à son diapason en appréciant sur un ton libertin sa virtuosité de séducteur (« Joli oiseau, ma foi, et *difficile à dénicher* », I, 4).

Il ne se trompe qu'à moitié. Beaumarchais, dans la *Lettre Modérée*, explique comment « ce jeune amant qui n'eût eu qu'un goût de fantaisie pour cette beauté s'il l'eût rencontrée dans le monde, en devient amoureux parce qu'elle est enfermée ». En effet, las des « conquêtes faciles » (I, 1), Almaviva recherche de nouveaux piments dans l'amour : quand il décide de se faire « aimer pour soi-même », ce n'est d'abord qu'une difficulté qu'il s'impose ; mais notre grand seigneur, pas encore « méchant homme », se laisse prendre à son propre piège : son « désir, irrité par la contradiction » (*Lettre Modérée*), par six mois de recherches, se transforme en *passion véritable* et ce Don Juan redevient un novice sympathique.

Il retrouve un *enthousiasme juvénile*, répond vivement (I, 4), s'impatiente du bavardage de Figaro, mais l'embrasse peu après avec effusion. Quelle jeunesse de cœur ! Il envie son valet : « Heureux

Figaro, tu vas voir ma Rosine [...] conçois-tu ton bonheur ? » (I, 4). Que Rosine paraisse, et il perd toute lucidité ; éperdu d'admiration, il répète le premier vers de sa chanson, — pourtant bien plat —, lance des suggestions étourdies ou interroge naïvement Figaro sur des évidences : « Pour qui de l'or ? » Absorbé par sa passion, il est parfois si distrait que Figaro doit le rappeler à la réalité quand il le voit « rêvassant » devant Bartholo (III, 5). Quel cri du cœur quand il apprend que Rosine est libre : « C'en est fait, je suis à ma Rosine... pour la vie » (II, 6), et comme Figaro semble douter de la sincérité de cet élan, le Comte le prend solennellement à témoin (« *Monsieur Figaro* ! Je n'ai qu'un mot à *vous* dire, elle sera ma femme », I, 6). Sa passion l'a dépouillé du personnage infatué de lui-même qu'il devait jouer à Madrid et, privé du secours d'un nom, d'un costume, d'un décor prestigieux, le Comte perd confiance en lui : il se prétend incapable de jouer de la guitare et d'improviser des couplets galants (I, 6). Il a perdu de son aplomb, Bartholo réussit presque à le décontenancer ; « embarrassé », il se trouble, bafouille (III, 3). Ce séducteur doute même de sa puissance de séduction : il essaye de retrouver le ton de l'amant aventureux (« À nous la victoire ! »), mais, sitôt après, confie à Figaro son inquiétude (IV, 5). Perdu sans Figaro, il l'attend pour entreprendre (III, 4) et a besoin de ses encouragements (« Fort bien, parbleu ! », « Courage, Monseigneur ! », I, 6 ; III, 5) qu'il mérite cependant (I, 4).

## Un maître qui devient élève, un élève qui égale son maître

Figaro le conseille, mais un talent comme le sien ne s'improvise pas. Certes la Cour est une excellente école de comédie, mais le Comte apparaît comme un acteur-né, et bien né, puisqu'il mêle à son jeu des traits aristocratiques : témérité, dilettantisme brillant.

Quoi qu'il en dise, il montre de réelles capacités d'improvisateur : ses couplets reçoivent l'admiration de Figaro (sinon la nôtre) ; Beaumarchais lui-même tenait beaucoup à ces parties chantées dont les acteurs moins talentueux qu'Almaviva redoutent la difficulté. Sa vivacité se marque dans l'élaboration instantanée d'une tactique de remplacement: la remise à Bartholo de la lettre de Rosine (III, 2) — «un coup de maître», dit-il, mais dont l'audace a failli tout compromettre — c'est lui qui fournit à Rosine un prétexte pour masquer sa surprise (III, 4), lui qui prend l'initiative dans la scène de la stupéfaction de Bazile: il manœuvre avec autorité et Bazile et Bartholo (« Dites-lui... »; «Écoutez... »; «Il faudrait vous taire, Bazile») et orchestre le mouvement final: «Allez vous coucher, mon cher Bazile.» Il se pique même au jeu et, «souriant», s'amuse de l'air «effaré» de Bazile. Quand il a le sentiment de réussir, il se permet des fantaisies: il met lui-même en garde Bartholo: «... toutes ces histoires de maîtres supposés sont de vieilles finesses, des moyens de comédie» (III, 2). La difficulté de rôles totalement opposés — soudard ivre et séminariste plein d'onction — le stimule.

### Soldat ivre

*Lindor* a le sens du trait vif, de la comparaison cocasse (« Le nez fait comme un baldaquin, la jambe pote et circonflexe»), multiplie les calembours (« Balordo, Barque à l'eau», II, 12), emprunte ses mots aux meilleures sources du burlesque, à la parade (« Je vous avais pris pour son bisaïeul, paternel, maternel, sempiternel»), reprend une plaisanterie d'une parade de Beaumarchais (*Jean-Bête à la foire*). Il imite même un tic de Bartholo, répétant les derniers mots du Docteur:

> BARTHOLO. — Délogez à l'instant!
> LE COMTE. — Déloger?
> BARTHOLO. — Vous n'êtes habitué de parler qu'à des chevaux.
> LE COMTE. — Parler à des chevaux? (II, 13)

### Étudiant respectueux

*Alonzo*, bon disciple de Bazile, use de formules sentencieuses parsemées d'archaïsmes (« Que la paix et la joie habitent toujours *céans*», III, 2). Bartholo reconnaît bien le style du maître dans ce groupe marqué au coin de la calomnie: «Vous sentez que le trouble, la honte, le dépit...» (III, 2). Dans son jeu, le Comte connaît les faiblesses, les susceptibilités de son «partenaire»: il provoque Bartholo sur son âge (« *papa!*», II, 14), sur son physique ou ses prétentions (II, 13); ne réussit-il pas même à piquer sa curiosité («car moi qui suis pour le moins aussi docteur que vous... ; *Bartholo*. — Comment cela ? »). S'agit-il au contraire d'apaiser les soupçons du Docteur ? Il parle respectueusement de « *Don* Bazile », fait valoir ses services et répond à l'impatience de Bartholo en lui rappelant que « tout peut être prêt pour *demain* » (III, 2). Il varie ses effets : intimidation (il parle « fièrement », élève la voix), puis, lorsque Bartholo lui propose une entrevue avec Rosine, mouvement hypocrite de feinte hésitation pour amener le Docteur à insister lui-même. Almaviva montre aussi de l'aisance dans les gestes : il feint la colère (d'un coup de poing, il jette le brevet d'exemption), mime une bataille et calcule ses déplacements pour mieux remettre sa lettre à Rosine (II, 14). Enfin, quelle facilité à jouer sur plusieurs niveaux, en passant instantanément d'un rôle à l'autre : soudard insolent, puis amant passionné (« Ah ! ma belle Rosine ! », II, 14). À l'acte III (scène 5), il est *Lindor* pour Rosine, *Almaviva* pour Figaro, mais aussi, pour Bartholo, maître de musique et *disciple satanique de Bazile* (dans ses apartés).

Et pourtant, il faut se garder d'exagérer la virtuosité du personnage, puisque lui-même s'avoue mal satisfait de son interprétation : « Cela me donnait un air plat et gauche » (III, 3). C'est là une difficulté pour l'acteur chargé du rôle d'Almaviva : il doit savoir doser l'habileté — certaine — et les quelques imperfections — relatives — de son jeu.

Beaumarchais n'a pas créé en Almaviva un personnage psychologiquement bien profond, mais il a renouvelé encore une fois un rôle traditionnel, celui de l'amoureux, par quelques traits ingénieux : la multiplicité des visages de cet aristocrate à la fois libertin et amoureux, hautain et familier, assuré et timide, maladroit et habile.

# 3 Figaro : le « machiniste » de la pièce

Issu du traditionnel valet d'intrigue de la *commedia dell'arte*, Figaro apparaît, si l'on en croit le titre, comme le protagoniste du *Barbier de Séville*. Pourtant, il a le rôle le moins long, le moins en scène de la pièce. Comment expliquer ce paradoxe ?

## CONTOURS DU PERSONNAGE

*Son nom ?* L'étymologie en est inconnue ; écartons l'idée d'une déformation phonétique de Fils (de) Caron, qui ferait de lui l'image de Pierre Caron de Beaumarchais, et ne retenons que sa résonance faussement espagnole. Premier mystère…

Sur *son physique et sur son âge* le texte fournit peu d'éléments : le Comte le reconnaît à sa « tournure grotesque », il s'étonne de le retrouver « si gros et si gras » (I, 2) et prétend que Rosine a fui, apeurée par sa « figure atroce » (IV, 5). Bartholo le félicite, mais ironiquement : « Vous êtes charmant » (III, 5) ; Figaro renchérit humoristiquement : « Il est vrai que ma mère me l'a dit autrefois, mais je suis un peu *déformé* depuis ce temps-là » (III, 5). Voilà qui compose un portrait peu flatteur bien en harmonie avec les goûts de « ce mauvais sujet », « paresseux et dérangé », aimant bien le vin (I, 2).

Quel *âge* donner à « ce *bonhomme* de Figaro » (II, 1), comme l'appelle Rosine : le terme, au XVIIIe siècle, convient à un homme entre deux âges, pas à un jeune homme. Doit-on prendre au pied de la lettre ces maigres indications ? Il peut s'agir, de la part du Comte, de simples boutades. Il se peut aussi que Rosine, jeune et amoureuse, trouve Figaro plus âgé qu'il n'est. C'est ainsi que la Comédie-Française a présenté un Figaro séduisant, en veston de cuir, très « jeune homme moderne »… Les plaisanteries sur son embonpoint prenaient donc une valeur ironique. Rappelons cependant que

Beaumarchais avait confié le rôle à Préville, alors âgé de cinquante-quatre ans.

Sur l'*état civil* de Figaro, seulement deux allusions à sa mère — encore sont-elles teintées d'ironie (I, 4 ; III, 5) ; une autre à « la petite Figaro » (III, 5), qu'il ne semble pas renier. Voilà qui est insuffisant pour cerner le cadre familial de Figaro.

Seul *son passé* nous est connu : voilà trois ans qu'il est « établi » à Séville[1] ; il a auparavant été valet du Comte, à Madrid ; puis, garçon apothicaire dans les haras, pris par le démon de la littérature, il a perdu sa place pour avoir composé des poésies ; il s'essaie au théâtre, y échoue ; barbier, il continue d'écrire (I, 2). Il ne manque donc pas d'expérience et d'avoir presque manqué sa vie lui a donné une philosophie bien à lui.

## « ET VIVE LA JOIE ! » : FIGARO ET LE MONDE

« Gaiement » : un des premiers mots qui définissent Figaro (I, 2) à qui le Comte demande, étonné : « Qui t'a donné une philosophie aussi gaie ? » Pour connaître les principes de cette philosophie, il suffit de relever les thèmes de ses couplets (vin, paresse, plaisir) et de l'entendre : « Et vive la joie » (III, 5), ou encore : « Où je ne vois pas de profit, je veux au moins du plaisir » (I, 4). On imagine sa délectation à tout « briser », tout « fracasser » (III, 10). Quel plaisir que celui de la provocation, des mots à double sens (« j'ai accroché une clé », III, 10, dit-il à Rosine)... Il faut pourtant nuancer : Figaro s'arrête souvent dans ses pitreries pour prendre un peu de recul et dégager la leçon d'une situation, d'un propos auquel il donne la forme de la maxime souvent ironique : « En amour, le cœur n'est pas difficile sur les productions de l'esprit » (I, 6). Pas de révolte, pas de résignation non

1. Il doit 300 livres à Bartholo ; or, son loyer s'élève à 100 livres par an ; cela fait remonter son installation à trois ans.

plus. En somme, un mélange d'épicurisme et de stoïcisme[2] : « Je me presse de rire de tout de peur d'être obligé d'en pleurer » (I, 2). Voilà les principes qui guident ses relations avec autrui.

## Figaro et Rosine

Il y a entre Figaro et Rosine la même *sympathie,* la même *compréhension* qu'entre Figaro et le Comte. Le valet termine assez souvent les phrases de la pupille et devine bien vite ses intentions : persuadé qu'elle tient une lettre déjà prête, il va au-devant de ses demandes : « Si vous le lui défendiez expressément par quelque petite lettre »... (II, 2). Il l'avertit du danger qui la menace (II, 10), lui qui la rassure dans ses alarmes : « Soyez tranquille » (II, 2), « Ne craignez rien » (II, 10).

S'il respecte « cette jeune personne d'extraction noble » (*Lettre Modérée*) — il lui donne du Madame —, il ne se prive pas de la taquiner gentiment lorsqu'elle l'assaille de questions sur Lindor, menant, comme dans une conversation de salon, le jeu du chat (si peu redoutable) face à la souris (pas si folle) (II, 2). Il ressent en fait pour « la pauvre petite » (I, 6) une « pitié » (c'est Rosine qui le confirme, II, 1) attendrie et l'innocente même : « Voulez-vous donner de l'adresse à la plus ingénue ? Enfermez-la » (I, 4).

Figaro *amoureux* de Rosine ? Il n'est pas insensible à ses charmes (IV, 6) : témoins le portrait enthousiaste qu'il en dresse — vrai compliment d'amant (II, 2) —, le passage parfois ambigu au « nous » (« nous sommes ce brasier-là » : qui ? le Comte ? Figaro ? les hommes ?) et son exclamation : « Il m'a presque enfiévré de sa passion » (II, 2).

Attiré par les *femmes,* le sang chaud (quelle passion dans ses termes : feu, brasier...), soit. Mais aussi quelle ironie à l'égard du « beau sexe » (IV, 5), de « ces femmes » (I, 4) dont il se fait une idée proche de l'image qu'en donnent les contes du Moyen Âge : rouées, aimant le compliment (aussi en use-t-il avec Rosine), faciles à séduire : « Les femmes aiment bien qu'on les appelle cruelles » (IV, 5).

**2.** Épicure, philosophe de l'Antiquité grecque, conseillait la recherche des plaisirs simples et vrais de l'existence. Les adeptes du stoïcisme (philosophie de l'Antiquité) s'efforçaient de se rendre insensibles à tous les malheurs qui pouvaient les frapper.

## Figaro contre Bazile et Bartholo

Pour *Bazile,* ce « pauvre hère », ce « friponneau » (I, 6), il ne ressent que mépris (II, 9). Quant à *Bartholo,* que le valet connaît fort bien, il ne récolte de Figaro que moqueries (I, 4) et tutoiement irrespectueux : « Ferme ! Ferme la porte de la rue ! » (II, 9). C'est que, pour Figaro, tout intrigant véreux et tout vieillard odieux ne méritent aucune pitié.

Alliés ou ennemis, Figaro prétend les *manœuvrer* tous. Son but ? Prouver son efficacité inégalable. Au Comte, il affirme : « Et *moi,* je me charge du reste » (I, 4), c'est-à-dire de tout ; sa tactique consiste à souligner la situation particulièrement critique de son partenaire, à le désespérer pour mieux faire valoir l'ingéniosité de ses plans : « Ne craignez rien ; *nous* lui donnerons tant d'ouvrage qu'il n'aura plus le temps de songer à cela » (II, 10), lance-t-il à Rosine. « Je cherche dans ma tête... C'est à quoi je rêvais » (I, 4) : l'hésitation et le ton réfléchi de Figaro avec le Comte ne sont-ils pas une façon de se donner du poids — et un brin de mystère ?

Cette attitude s'explique par la place de *Figaro dans la société*. Ce valet qui parle de ses « talents littéraires », qui prétend mériter « les vrais honneurs de la plume » et parle en alexandrins : « L'envie aux doigts crochus, au teint pâle et livide... » (I, 2), cet auteur malheureux ne peut s'adapter vraiment à la société telle qu'elle est, ni y conserver longtemps une place. Beaucoup moins apte à la vie sociale que le Figaro du *Mariage*, il vit d'expédients et de combinaisons (« On fait comme on peut », III, 5). On l'appellerait aujourd'hui un « marginal » qui, ne pouvant réussir dans le domaine qui l'intéresse — les planches —, prend sa revanche en exerçant son imagination et ses talents d'auteur sur la société comme sur un théâtre.

## UN « GÉANT DE THÉÂTRE[3] »

Animant la comédie « de son verbe, de son entrain, de ses jeux de scène[4] » Figaro y remplit *toutes les tâches théâtrales*.

3. André Roussin, *op. cit.*
4. Maurice Descotes, *Les Grands Rôles du théâtre de Beaumarchais,* p. 109.

## Un auteur

Dès le début, on le voit à l'œuvre, composant des couplets (I, 2) : son chant et son registre verbal sont à l'image de son costume aux couleurs variées. Il connaît toutes les ressources d'un style expressif et étourdissant et excelle dans *les portraits,* tantôt brefs mais fort caustiques, pimentés d'une ironie mordante : celui de Bartholo (I, 4), celui de Bazile : « Un pauvre hère [...], infatué de son art, friponneau, besogneux... » (I, 6) ; tantôt éloquents et habiles comme celui qu'il dresse de Lindor (II, 2). Comble de subtilité : Figaro parvient, sans donner presque aucun détail précis, à nous faire « voir » Rosine et à nous enthousiasmer pour elle par quelques exclamations suggestives : « ... et des mains ! des joues ! des dents ! des yeux ! » (II, 2) ; tout est dans l'ellipse et dans le ton. Quelle vivacité enfin dans le « portrait » de sa boutique, tout aussi pittoresque (I, 6) !

Les *comparaisons,* souvent hardies (qu'on songe aux jambes « avinées » du Comte — I, 4 —, au « joli oiseau à dénicher » qu'est Rosine — I, 4 —, à Figaro qui fut « imprimé tout vif »...), les *métaphores* longuement développées lui donnent l'occasion d'un effet de style brillant : « Souvenez-vous, Madame, que le vent qui *éteint* une *lumière allume* un *brasier* et que nous sommes *ce brasier-là* » (II, 2). Voilà une phrase d'auteur ! Les *antithèses* (« Si l'une est ma maîtresse, l'autre est mon serviteur » — I, 2 —, « accueilli dans une ville, emprisonné dans l'autre »...), les *jeux de mots* savoureux (« maringouins », qui désigne des moustiques, rappelle aussi le nom de Marin, censeur qui obligea Beaumarchais à effectuer des coupures dans *Le Barbier de Séville*), les *néologismes* (c'est-à-dire les mots nouveaux tels que « feuillistes » pour journalistes), rien ne lui est inconnu.

Il use des *aspects les plus techniques* du métier, particulièrement du *rythme* évocateur, par lequel il suggère son activité incessante (« endormir la vigilance/, éveiller l'amour/, égarer la jalousie... », I, 6), ses errances sans fin (« parcourant philosophiquement les deux Castilles,/la Manche,/l'Estramadure... », I, 2), la vivacité de Rosine (II, 2), la démarche alerte de Bartholo (I, 4). Groupes ternaires étudiés (« son barbier, son chirurgien, son apothicaire » ; « coup de lancette, de rasoir ou de piston», I, 4), chutes oratoires, recherche dans les sonorités mêmes (« rusé, rasé, blasé», I, 4), composition savante (sa tirade — I, 2), tout concourt à *l'effet* plus qu'à... la profondeur: il l'avoue lui-même, il cherche une formule «qui eût l'air d'une pensée» (I, 2). Volontiers sentencieux, il affectionne les *maximes* bien frappées: «Quand on cède à la peur du mal, on ressent déjà le mal de la peur» (II, 2), qui lui donnent un semblant de gravité philosophique.

Pour Figaro, pas de limite à la *puissance créatrice des mots*: il lui suffit d'exprimer son projet pour que celui-ci semble déjà réalisé: en deux mots, le chirurgien s'est fait Merlin, sa lancette est devenue «baguette» (I, 6); il faut en croire L'Éveillé qui a «commencé à (se) douloir dans tous les membres, *rien qu'en l'en entendant parl...*» (II, 6), ou encore Bartholo qui se met à déraisonner (III, 14), dès que Figaro lui a lancé: «Il est fou» (III, 13).

## Un metteur en scène

Du metteur en scène, il a le style concis et le *ton impératif*: «Vos jambes seulement un peu plus avinées» (I, 4), le goût de mener les acteurs comme des marionnettes, à son idée (n'inflige-t-il pas au Comte une véritable répétition de son rôle? I, 4), mais aussi *l'imagination,* la variété des déguisements qu'il conseille à Almaviva en témoignent. Quel *sens de la mise en scène!* Il transforme deux valets en éclopés (II, 7 et 8), afflige, pour le plaisir de l'effet théâtral, une mule aveugle d'un cataplasme aux yeux! Il sait placer les «comédiens» (« il lui (à Bartholo) pousse un fauteuil très loin du Comte», III, 12), et régler leurs entrées et leurs sorties (II, 11: «Je vais rouvrir (la porte) au Comte en sortant»; III, 5: «Je vais l'attirer dehors»; III, 8). Il s'occupe des effets d'*éclairage* (IV, 6: «Figaro allume toutes les bougies»), du *bruitage* («Ici, l'on entend un bruit, comme de vaisselle renversée», III, 8) et même de l'*accompagnement musical* (I, 2; I, 6: «avec le dos de la main: from, from, from»), se fait *décorateur* (il fournit les costumes, I, 6) et... *souffleur* (I, 6: «Figaro se colle au mur, sous le balcon»).

## Un acteur-né

Figaro ressent le besoin permanent d'un *public,* et, s'il n'en a pas, il se fait lui-même son propre spectateur (I, 2; I, 6) ou encore prend les spectateurs — les vrais — comme son public: c'est à eux qu'il adresse la «morale» qui termine la pièce (IV, 8), à eux qu'il fait des clins d'œil (II, 8). Comme tout comédien, il doit «s'échauffer» — et en oublie parfois son rôle — (I, 6; III, 5); il aime la difficulté: «La difficulté de réussir ne fait qu'ajouter à la nécessité d'entreprendre» (I, 6).

Que l'on juge de l'*étendue de son registre* au cours d'une même scène où il lui faut détourner l'attention de Bartholo et gagner du temps (III, 5): tour à tour fils respectueux («il est vrai que ma mère...»), barbier zélé (« mon zèle n'attend pas...»), gai philosophe, honnête homme offensé («Doutez-vous de ma probité?»), écrivain malchanceux, barbier sollicité, homme à tout faire... En un vrai feu d'artifice, Figaro passe d'un rôle à l'autre. Sans oublier ses «compositions» plus originales: soldat ivre, barbier cupide, joli cœur de salon, barbier maladroit et malade (Bartholo, médecin, tombe même quelques instants dans le piège de sa douleur oculaire, III, 12).

Il prend une étourdissante *variété de tons*: tantôt homme du peuple («La v'là! La v'là!», I, 6), tantôt sentencieux («les hommes n'ayant guère...», III, 5); tantôt impertinent, tantôt déférent (III, 5); tantôt ironique, tantôt admiratif (I, 2)...

Dans ce spectacle perpétuel, son corps ne le trahit jamais. Souplesse, agilité, rapidité... Toutes sortes de *gestes* accompagnent ses rôles; il devient danseur et contrefait grotesquement Bartholo (III, 5); le rapt de la clé ressemble à un pas de danse bien réglé; voilà Figaro mime: «avec le dos de la main» (I, 6). Quand les mots ne lui suffisent plus, il baise par admiration l'habit du Comte (I, 6).

C'est le plaisir de jouer qui le pousse, non l'intérêt. Alors même qu'il s'exclame: «Allons, Figaro, vole à la *fortune*!» (I, 6), son apostrophe, elle-même dramatique, parodie de tragédie, ne peut être prise au sérieux: ce n'est qu'une réplique de théâtre supplémentaire.

La variété de son registre l'épuise-t-elle? Non, il reste à Figaro assez de ressort pour se transformer en *critique littéraire* de lui-même (« Fi donc! c'est plat! [...] Fort bien, Figaro! », I, 2), en censeur attentif du Comte ou de Rosine (I, 6).

Sous ces masques divers, où est le véritable Figaro? Inutile, pour l'auteur, de lui constituer un état civil précis, une famille et un physique qui figeraient trop ce personnage changeant, sans racines.

## FIGARO N'EXISTE QUE SUR SCÈNE

« A-t-il une existence autre que théâtrale? Une fois dissipée l'illusion scénique, que reste-t-il de ses brillants dehors? À la différence des types de Molière, nourris d'une forte substance humaine, Figaro est inséparable des planches et des lumières de la rampe », écrit René Pomeau. Il arrive qu'à lire la pièce, on oublie Figaro (actes II et IV), mais, à la scène, il est l'animateur perpétuel; génie — bon ou mauvais, selon le « camp » —, il occupe les esprits et tout tourne autour de lui. Pratiquement absent de l'acte II, il fait toujours sentir son influence occulte dans les effets de ses manigances: valets mis à mal, déguisements du Comte, colère qu'il provoque chez Bartholo, sans même être présent en chair et en os. Il est là, mais caché; sa place est, plus souvent que sur scène, dans les coulisses d'où partent ses manifestations les plus étourdissantes, tel le bris de vaisselle, d'où il tire les ficelles de la pièce, en vrai « machiniste ». Ses entreprises échouent souvent (II, 14; III, 5; III, 12), et c'est le hasard d'une sortie imprudente de Bartholo qui lui donne la victoire; convenons tout de même qu'il réussit, encore une fois, à donner l'*illusion* qu'il est le moteur de tout, tant il tourbillonne et étourdit.

Figaro n'existe que dans le feu de l'action. Au quatrième acte, il intervient seulement lorsque l'action revient au premier plan: aussi est-ce lui qui lance le « Monseigneur » qui dénoue tout, lui qui annonce le terrible retrait de l'échelle (IV, 7); puis, il s'efface volontairement (III, 11; IV, 5), prend du recul, pour... sortir de la pièce et prendre un dernier rôle: celui de héraut philosophe au service de l'auteur, chargé de tirer la « morale » de cette aventure (IV, 8).

# 4 Les rapports entre maîtres et valets

*Le Barbier de Séville* n'est pas une pièce révolutionnaire, ni par les idées qu'elle expose, ni par le traitement des personnages. Ainsi, les valets dans cette comédie s'inscrivent en partie dans la tradition classique. Mais ils présentent aussi des aspects originaux : en effet, seuls deux d'entre eux, L'Éveillé et La Jeunesse, dépendent réellement d'un maître ; les deux autres ne sont pas des valets au sens strict du terme, puisqu'ils ont un métier (Figaro est barbier, Bazile organiste et maître de musique) et cela leur donne un statut particulier. Enfin toute la pièce repose sur un couple hors normes, celui de Figaro et Almaviva.

## FIDÉLITÉ À LA TRADITION

Chez Molière, on distingue deux sortes de valets : certains sont de simples serviteurs, sans consistance, d'autres, hommes de confiance, conseillers de leur maître. *Le Barbier de Séville* reprend cette distinction.

### Valets de farce soumis à leur maître

*L'Éveillé* et *La Jeunesse* n'apparaissent qu'aux scènes 5 à 7 de l'acte II, après que Figaro les a eu mis à mal par ses médications.

Descendants de personnages de Molière comme La Merluche dans *L'Avare* ou Alain et Georgette dans *L'École des Femmes*, ils s'inscrivent dans la pure tradition de la farce : sans épaisseur, benêts et peureux, ils n'ont aucune incidence sur l'intrigue.

Ce sont des marionnettes, des caricatures, sans consistance psychologique et ils n'agissent pas. Leur apparence et leur comportement contredisent leur nom : La Jeunesse est un vieillard et L'Éveillé ne cesse de bâiller.

Ils se trouvent dans une situation d'entière dépendance par rapport à leur maître. Quand Bartholo les malmène et les insulte (II, 5), ils gémissent et pleurent, mais se résignent. Leurs plaintes et leur soumission même mettent en évidence l'autorité tyrannique de leur maître et l'injustice de leur sort.

## Valets d'intrigue, conseillers de leur maître

*Figaro* et *Bazile,* eux, sont d'une tout autre nature. Ils descendent des valets à la personnalité affirmée comme Scapin. Ces valets servaient les intérêts amoureux de leurs maîtres qui avaient besoin de leur aide et étaient tributaires de leur ingéniosité.

Comme eux, ils assurent une double fonction. Premièrement, ils donnent à la pièce une tonalité comique, mais moins burlesque que les laquais de farce. Les mots d'esprit de Figaro font sourire (I, 4), tout comme son badinage avec Rosine (II, 2) ou ses impertinences à l'égard de Bartholo (III, 5). Figaro et Bazile se lancent dans des morceaux de bravoure verbale divertissants : Figaro fait un brillant discours contre la « république des Lettres » (I, 2), Bazile entonne avec virtuosité une tirade sur l'utilité de la calomnie (II, 8).

Deuxièmement, leur intérêt dramaturgique est évident : à la fois conseillers et factotums, ils ont maintes occasions de manifester leur supériorité sur leur maître. Ils apportent des informations décisives : Figaro renseigne le Comte sur Rosine et Bartholo (I, 1 ; I, 4) ; Bazile prévient Bartholo des menées du Comte à Séville (II, 8 ; IV, 1).

Bazile et Figaro sont aussi les véritables moteurs de l'action : Figaro échafaude des stratagèmes (I, 6), il transmet les lettres (II, 2), dérobe la clé de la fenêtre (III, 5 à 10) ; Bazile « s'occupe » du mariage de Bartholo avec Rosine (II, 8 à 10 ; IV, 1). Ce sont donc de précieux auxiliaires de leurs maîtres : Almaviva attend impatiemment Figaro (III, 4) et Bartholo compte sur Bazile pour lui expliquer la situation (III, 4). Leur absence de la scène 12 de l'acte II à la scène 4 de l'acte III est la preuve *a contrario* du caractère indispensable de leurs services : l'action piétine alors, le Comte et Bartholo étant incapables de prendre un avantage décisif l'un sur l'autre.

## BAZILE ET FIGARO : UN STATUT ORIGINAL

Cependant, ils se différencient du valet d'intrigue traditionnel par leur statut original et par leur attitude face à leur « maître ».

### Un homme libre

*Figaro* n'est plus vraiment un valet : le Comte n'est que son « ancien maître » (I, 2) ; s'il se dit « prêt à (le) servir de nouveau » (I, 2), le verbe « servir » signifie « servir les intérêts » et non « servir comme valet ». En effet, barbier à Séville, Figaro est un homme libre.

Ses liens avec Bartholo sont aussi particuliers : il « loge » chez lui (I, 4), lui fait la barbe (III, 5), est son « chirurgien, son apothicaire » (I, 4), mais n'est pas à son service exclusif. Du reste, il tient tête à Bartholo jusqu'à l'insolence. Quand Bartholo le traite comme un valet, Figaro le rappelle à l'ordre et au respect : « C'est que vous croyez avoir affaire à quelque barbier de village » (III, 5).

### Un homme plus discret, plus cauteleux

*Bazile* est plus discret, plus cauteleux : servile, il assure Bartholo de son zèle : « rien ne m'arrête pour vous servir » (IV, 1). Mais il se permet aussi de critiquer les plans de Bartholo qui veut assassiner le Comte ; il lui recommande la calomnie (II, 8) et ne se prive pas du droit de dire son fait à son employeur (IV, 1). Parfois même il le menace, par exemple de dévoiler ses malhonnêtetés et ses « passe-droit » (II, 8). Par ailleurs, son originalité tient au fait que, « serviteur » bien inconstant, il passe, au cours de la pièce, d'un maître à l'autre (IV, 8).

## UN COUPLE HORS NORMES : FIGARO ET LE COMTE

### Une sympathie profonde

Figaro éprouve une sympathie profonde pour le Comte : témoins sa joie lors de leurs retrouvailles (I, 2), son empressement à lui offrir ses services « en tout ce qu'il lui plaira d'ordonner ».

On mesure son intérêt pour l'aventure d'Almaviva à son habitude de s'associer «grammaticalement» à lui: «*Nous* serons bien heureux» (I, 4), «Que *nous* l'avons manqué belle!» (III, 6). Il se «met en quatre» pour le Comte, comme pour un autre lui-même.

Le maître et le valet se ressemblent: mêmes dons «littéraires» (les vers d'Almaviva — I, 4 — valent bien ceux de Figaro — I, 2), même esprit moqueur, même tournure d'esprit. À plusieurs reprises, on croirait à une transmission de pensée entre les deux hommes:

> LE COMTE. — Ah! si l'on pouvait écarter tous les surveillants...
> FIGARO. — C'est à quoi je rêvais. (1, 4)

De même il n'est point besoin d'explication pour que Figaro saisisse la tactique du Comte lors de l'arrivée de Bazile (III, 11).

Cette entente repose sur une estime et une admiration réciproques: Figaro s'émerveille de «cet air altier et noble» (I, 2) et va jusqu'à baiser l'habit du Comte pour louer ses talents (I, 4).

## Le renversement des rôles

Mais la relation entre maître et valet se transforme parfois en relation entre élève et professeur. Plus d'une fois, Figaro doit rassurer le Comte, plein de doute sur son entreprise (I, 6; IV, 5). Plus d'une fois, le gentilhomme, comme un disciple, harcèle Figaro de questions inquiètes: «Crois-tu qu'elle se donne à moi, Figaro?» (I, 6; IV, 6). Ne reconnaît-on pas le ton du professeur dans le: «Pas mal en vérité» de Figaro assistant à la prestation d'Almaviva (I, 4), et l'admiration de l'élève dans le «Supérieurement» ou le «Tu as raison» (I, 4) d'Almaviva? Figaro estime ne pas pouvoir confier le premier rôle à l'apprenti qu'est le Comte. Il se réserve la partie difficile de son plan; à l'élève «l'accessoire»: «Moi, je vais [...] endormir la vigilance, éveiller l'amour [...] ; vous, Monseigneur, chez moi, l'habit de soldat, le billet de logement...» (I, 6).

L'ironie gentille de Figaro semble toujours prête à s'exercer sur le Comte: il s'amuse à le faire languir (I, 4); il plaisante sur son égoïsme (« Peste! comme l'utilité vous a bientôt rapproché les distances»,

I, 4) et sur son enthousiasme amoureux: « Vous oubliez, Monseigneur, qu'elle ne vous entend plus ! » (I, 6).

En somme, seul le rang, que Figaro n'oublie jamais, sépare ces deux bons larrons.

## La hiérarchie sauvegardée

Il ne faut pas exagérer la portée des affirmations de Figaro contre le Comte et, à travers lui, la noblesse: « Aux vertus qu'on exige dans un domestique, Votre Excellence connaît-elle beaucoup de maîtres qui fussent dignes d'être valets ? » (I, 2). « Un grand nous fait assez de bien quand il ne nous fait pas de mal »... Simples remarques spirituelles d'un Figaro plein d'humeur au récit de ses échecs. Du reste, Figaro n'a-t-il pas, lui aussi, sa noblesse et ses armoiries (l'enseigne de sa boutique): « trois palettes en l'air, l'œil dans la main: *Consilio manuque*[1], Figaro » (I, 6) ?

Dans l'histoire des relations entre maître et valet, *Le Barbier de Séville* s'inscrit donc en partie dans une tradition dramaturgique et Beaumarchais ne prétend pas y bouleverser les rapports sociaux. Mais le personnage de Figaro est déjà représentatif du XVIIIe siècle: il a pris une certaine indépendance; ses propos témoignent d'une conscience nouvelle des relations sociales; s'installe dès lors une relation d'interdépendance entre le maître et le valet. Figaro est déjà sur la voie du personnage qu'il jouera dans *Le Mariage de Figaro*, où le rapport entre maître et valet, devenu conflictuel, prendra la première place et posera l'égalité comme le thème essentiel de la pièce.

**1.** Devise latine: « avec à propos et habileté ».

# 5 Structure de la pièce

Dans la *Lettre Modérée*, Beaumarchais réplique au journaliste de *Bouillon* : « La pièce, a-t-il dit, n'a pas de plan. Est-ce parce qu'il est trop *simple* qu'il échappe à la sagacité de ce critique adolescent ? Un vieillard amoureux prétend épouser demain sa pupille ; un jeune amant plus adroit le devance, et ce jour même en fait sa femme, à la barbe et dans la maison du tuteur... *L'Avare* de Molière est-il autre chose ? Le grand *Mithridate*[1] est-il autre chose ? » Intrigue fort simple (un seul but : le mariage du Comte et de Rosine ; un seul obstacle : Bartholo) et encore une fois traditionnelle : soit. *Le Barbier de Séville*, à la scène, semble fonctionner avec le naturel et l'aisance d'une machine théâtrale rodée par toutes les comédies déjà bâties sur des précautions inutiles. Mais, en fait, cette simplicité apparaît comme l'aboutissement et le masque d'une architecture étudiée.

## SYMÉTRIE, ÉQUILIBRE ET FONDU ENCHAÎNÉ

### Un ensemble bien proportionné

La construction d'ensemble repose sur des équilibres et des symétries : le quatrième acte répond au premier, et le troisième au second, par la longueur d'abord : deux mouvements alertes et enlevés (acte I : six scènes ; acte IV : huit scènes) encadrent vivement (Maurice Descotes parle « d'*allegretto* » pour l'acte I) deux masses plus lourdes (acte II : seize scènes ; acte III : quatorze scènes) et complexes, introduisant ainsi un équilibre dans le déséquilibre :

1. Tragédie de Racine où le roi de l'antique Asie, Mithridate, se présente comme un adversaire des Romains et en même temps un vieillard amoureux.

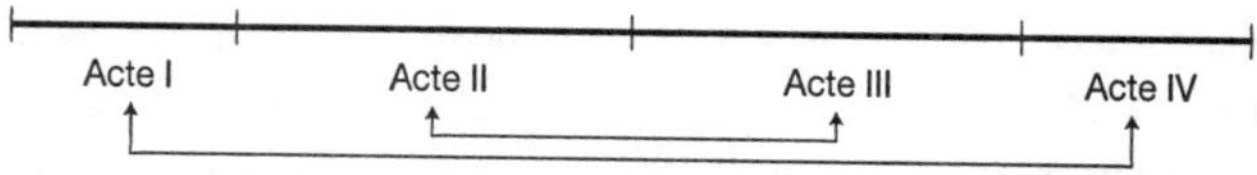


*Le Barbier de Séville* le plus souvent répond au principe de la « spire » ou de la « spirale », caractérisé par le retour à une situation analogue (mais non identique) après une révolution, un détour : l'acte IV retrouve la rapidité de l'acte I, mais après le déploiement des actes II et III. Correspondance encore entre les actes deux à deux dans les intensités lumineuses et dans les heures : à l'acte I : « Le jour est moins avancé que je ne croyais », s'étonne le Comte ; à l'acte IV : « Le théâtre est obscur » : nous voilà revenus sensiblement à la même heure, mais que de chemin parcouru ! Les premières scènes mettent en évidence les liens entre l'extérieur et l'intérieur de l'appartement, par le biais du double décor ; au quatrième acte, se multiplient entrées et sorties, échanges entre le dedans et le dehors (on sait même qu'il pleut), tandis que les actes II et III paraissent beaucoup plus « confinés ».

Ce souci d'équilibre apparaît à l'*intérieur des actes* mêmes : l'acte II s'ouvre et se ferme sur un monologue de Rosine qui soupire : « Ah ! Lindor », mais entre-temps elle a pris possession de la lettre ; l'acte III débute par un monologue de Bartholo que nous retrouvons soliloquant à la dernière scène : la structure même de ces monologues n'est pas sans ressemblances : même colère, mêmes exclamations redoublées (scène 1 : « Quelle humeur ! Quelle humeur ! » ; scène 14 : « Je suis fou... Je suis fou ! »), même appel à l'aide (scène 1 : « Là qu'*on* me dise qui lui a fourré... » ; scène 14 : « Holà, quelqu'un... Un voisin, le premier venu »). Enfin bien des scènes progressent en « spire » : les premiers mots de Rosine sont pour « cette *jalousie* (qui) s'ouvre si rarement » (I, 3) ; or, à la fin de la scène, Bartholo « ferme la *jalousie* à clef » ; mais, entre-temps, il a décidé — surcroît de complication — de renforcer sa surveillance. La scène 4 de l'acte I commence et se termine par des « imitations » : celle de Figaro « contrefaisant la voix de Rosine » et celles du Comte et de Figaro « prenant un ton ivre », mais, entre-temps, le valet a déjà exposé son plan. Les tirades de Figaro (I, 2) ou de Bazile (II, 8) suivent ce schéma

(« Excellence, puisque je suis assez *heureux* pour *retrouver* mon ancien maître »/« prêt *à servir de nouveau* Votre *Excellence* » ; « J'ai vu les plus honnêtes gens près d'en être accablés »/« Qui diable y résisterait ? »).

Maurice Descotes remarque : « Le poids respectif des "quatre grands rôles" est réparti avec le même bonheur (Figaro : dix-neuf scènes ; Rosine : vingt-cinq scènes ; le Comte : vingt-trois scènes ; Bartholo : vingt-six scènes). La difficulté qui s'offre à la troupe qui aborde *Le Barbier de Séville* consiste à ne pas briser cet équilibre fondamental [...], l'harmonie des talents. »

## Des techniques « cinématographiques »

Cette symétrie s'appuie souvent sur un procédé qui rappelle le *fondu enchaîné* du cinéma où, sur les dernières images d'une séquence, apparaissent déjà, en surimpression, les images du plan suivant : fréquemment des « thèmes préparatoires » annoncent les actes suivants : la scène 4 de l'acte I contient déjà les germes de l'acte II : « la pharmacie » et « ses petits moyens innocents » préfigurent la scène 7 de l'acte II (« Dans quel état ce Figaro les a mis tous ») ; le « cavalier pris de vin » (I, 4) et l'évocation du déguisement du Comte posent déjà le décor des scènes 12 à 14 de l'acte II. *Les transitions entre scènes* s'effectuent — à quelques exceptions près (III, 10 et 11) — progressivement : à l'acte II, pour passer du burlesque de la scène 6 à la réflexion plus profonde sur le pouvoir de la calomnie et à l'atmosphère inquiétante de la scène 8, Beaumarchais intercale la scène 7 qui mêle ces deux registres : comique de farce (apparition de La Jeunesse) et considération sociale (« Il n'y aurait qu'à permettre à tous ces faquins-là d'avoir raison et vous verriez bientôt ce que devient l'autorité »), et l'équilibre entre ces deux éléments — l'un tourné vers la scène précédente, l'autre vers la scène suivante — assure la transition :

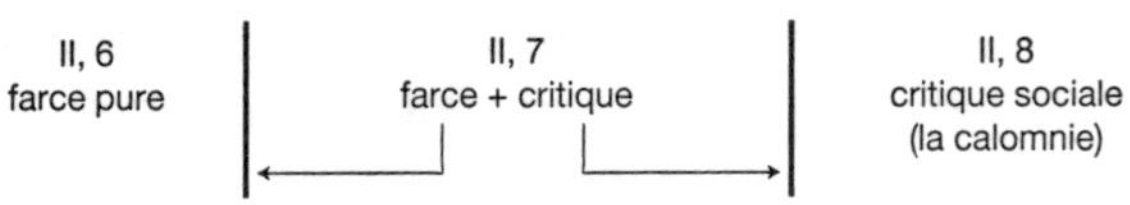

L'entrée en scène de Figaro (III, 5) offre un exemple particulièrement réussi de fondu enchaîné : il se glisse derrière Bartholo et imite en bouffonnant sa danse ridicule : quelques instants, absent pour Bartholo, présent pour le Comte et les spectateurs, il se superpose au Docteur, comme un double grotesque, et non comme le vrai Figaro. Ce n'est qu'au moment où Bartholo découvre sa présence qu'il redevient Figaro, qu'il est vraiment en scène et que la scène 5 commence.

De fréquents *effets de rappels* lient encore mieux l'ensemble : la scène 5 de l'acte III reprend une foule de thèmes : la laideur de Figaro (I, 2), les 100 écus non payés (I, 2), les valets mis à mal (II, 6 et 7), les bonbons envoyés à la petite Figaro (II, 11), l'état civil de Figaro, ses protections occultes et son rôle de vétérinaire de l'armée (I, 2), son état de barbier de la garnison (I, 6) enfin ; mais on y trouve aussi des *effets de préparation* : « Je vais l'attirer dehors » (III, 5).

Enfin, les actes et les scènes s'achèvent en général en douceur ; Beaumarchais prolonge la visite imprévue de Bazile (III, 11) par un jeu de répliques en écho :

| | Scène 11 (fin) | Scène 12 (début) |
|---|---|---|
| *Bartholo* | Il sent la fièvre d'une lieue. | Cet homme-là n'est pas bien du tout. |
| *Rosine* | On dit que cela gagne... | Il a les yeux égarés... |

C'est progressivement qu'à la fin du troisième acte le plateau se vide, cependant que la longueur des scènes diminue en proportion du nombre des personnages.

## VARIÉTÉ

Pourtant *Le Barbier de Séville* donne une impression de souplesse, de rapidité. C'est que Beaumarchais a introduit, dans la structure même, de nombreux éléments de variété.

### Variété dans la structure interne

L'*acte I* progresse linéairement, le lien est assuré par la présence constante du Comte et de Figaro. L'*acte II*, au contraire, est scandé par trois temps forts : les entrevues entre Rosine et Bartholo (scènes 4, 11 et 15) — que Beaumarchais encadre par des scènes d'émotion (scènes 1 à 3, 10 et 16) et de comique burlesque (scènes 6, 7, 12 et 14) ; de courtes pauses s'y ajoutent : les deux entrevues entre Rosine et Figaro (scènes 2 et 10) ; l'acte culmine avec la scène inquiétante entre Bartholo et Bazile (scène 11). L'*acte III* est construit sur des effets de *crescendo* et de *decrescendo* : le nombre de personnages croît de la scène 1 à la scène 5 (de 1 à 4), puis à nouveau de la scène 8 à la scène 11 (de 2 à 5) ; la ligne descendante s'amorce alors jusqu'à la dernière scène (de 5 à 1 personnage) : nous retrouvons Bartholo seul ; l'acte comporte deux sommets : la scène 5 (où Bartholo surprend Alonzo et Rosine) et la scène 11 (l'arrivée de Bazile). Dans l'acte IV, une seule montée progressive (*crescendo*) jusqu'au « chœur » final de la scène 8.

## Variété dans les entractes

Entre les deux premiers actes, peu de temps écoulé, pas d'événements majeurs ; mais, entre les actes II et III, la situation s'est retournée : Rosine a déclaré la guerre à Bartholo (d'où la nécessité d'une « mini-exposition » dans le monologue du tuteur : III, 1). Enfin, pas de péripétie nouvelle dans le dernier entracte (Bartholo est simplement allé quérir Bazile et a entamé une conversation) : sa nouveauté, c'est d'avoir permis à Bartholo de redevenir lui-même après son accès de fureur. Premier entracte banal, deuxième entracte de péripétie, troisième entracte « psychologique ».

## Variété dans la forme

Le plateau se trouve plus (III, 11) ou moins (III, 9) rempli, les dialogues (II, 2 ; II, 4 ; III, 2 ; III, 4...) succèdent aux monologues (II, 1 ; II, 3 ; III, 1 ; III, 3...).

### Une progression en dents de scie

Mais la variété du *Barbier de Séville* repose essentiellement sur l'alternance de moments de tension et de détente, la succession de moments gais ou dramatiques. Beaumarchais, en équilibrant les victoires et les échecs de chaque « camp », réussit tour à tour à tenir le spectateur en haleine, puis à le rassurer.

Dès le début, se mêlent les éléments d'une action déjà entamée et ceux d'une exposition qui se prolonge jusqu'à la scène 6 de l'acte I (projet de mariage de Bartholo pour le lendemain) : le spectateur est déjà emporté par le rythme de la pièce. Dès la scène 3, les exclamations du Comte (« Un moment... » ; « Ah ! miséricorde !.... » ; « Sauvons-nous... » ; « Tu me perds. ») maintiennent le « *suspense* ». Plus loin (II, 8), Bazile intrigue le spectateur par ses sous-entendus (« C'est ce qui presse le moins... ; une nouvelle assez fâcheuse... ») avant de dévoiler la raison de sa venue. Les entrevues entre Rosine et Bartholo (surtout à l'acte II, 11) ravivent l'intérêt et les craintes après plusieurs scènes qui donnaient l'avantage aux amoureux (II, 8 à 10). Deux scènes plus loin, alors que le Comte était venu la « sauver » (II, 12), Rosine reperd l'avantage et doit sortir, sans la lettre (II, 13). On compte *cinq retournements de situation* dans la scène 14 de l'acte II :

- le Comte a l'avantage (Bartholo est surpris par son arrivée) ;
- Bartholo prend l'avantage (avec le billet d'exemption) ;
- le Comte reprend le dessus (avec sa « bataille ») ;
- Bartholo reprend le dessus (Lindor doit ramasser la lettre) ;
- le Comte triomphe (il rend le « billet » à Rosine).

Autre exemple frappant : une simple substitution de lettres fait tout à coup basculer la victoire du côté de Rosine (II, 15). Le sommeil de Bartholo (III, 4) permet, comme ses nombreuses sorties, aux amants — et au spectateur — de reprendre souffle ; mais ses réveils subits constituent *un instrument de tension* (plus efficace que la menace d'un retour soudain — III, 7 et 10 —) dont les acteurs peuvent jouer autant de fois qu'ils le désirent.

Enfin, par quelques « *mots-refrains* » Beaumarchais accélère le tempo et accentue la tension : le mot-clé « demain » — déjà en sourdine à l'acte I (scène 5) — rythme les actes II et III :

> LE COMTE. — *Demain*, il épouse... (I, 6)
> BAZILE. — *Demain*, tout sera terminé. (II, 8)
> FIGARO. —... à vous épouser *demain*. (II, 10)

L'acte IV contient un *leitmotiv* différent mais tout aussi pressant (déjà annoncé dans l'acte III, 9 avec « Ce soir... ») : celui de l'heure tardive où chacun entend l'emporter :

BARTHOLO. — Aussi ferai-je, et cette *nuit* même. (IV, 1)
BAZILE. — ... nous serons tous ici à *quatre heures.*
ROSINE. — Il est *minuit* sonné. (IV, 2)
BARTHOLO. — Le notaire viendra cette *nuit* même. (IV, 3)

Sans oublier les *imprévus* qui retendent l'atmosphère : l'échelle ôtée, le « retour... fermé » (IV, 6).

**Des moments de répit**

Mais, dans la progression dramatique, Beaumarchais introduit des *pauses,* des *hors-d'œuvre*, soit *critiques* (c'est la tirade de Figaro contre « la république des Lettres », I, 2), soit *comiques* : la longueur de la scène 2 de l'acte II se justifie mal (Rosine sait déjà que Lindor l'aime, Figaro connaît l'amour de son maître pour Rosine), sinon par la recherche d'un développement plaisant. Les scènes 6 et 7 (avec L'Éveillé et La Jeunesse) ne visent qu'à libérer le rire, tout comme la danse burlesque de Bartholo (III, 4 et 5). Enfin, Beaumarchais recourt aussi à la *musique* (la bergerie de Rosine : III, 4 ; les couplets de Figaro : I, 2...). À l'intérieur même d'une scène, surtout lorsqu'elle est longue, des *intermèdes* introduisent un élément de variété : la bouffonnerie de la scène 14 de l'acte II est interrompue par un bref « duo d'amour » (« Ah ! ma belle Rosine... ») qui calme l'allure endiablée (voir aussi l'acte III, scène 4), puis par la brève bataille qui suggère un nouveau décor.

Cette architecture complexe, aussi bien dans les grandes masses que dans les détails, insensible à la représentation mais efficace, semble être à la fois le fruit d'un instinct dramatique et aussi le résultat de multiples remaniements suggérés à Beaumarchais soit par ses proches, soit par les réactions et parfois les sifflets du public.

# 6 Le jeu du dramaturge

Le critique contemporain Philippe Van Tieghem souligne la « primauté du *paraître* sur l'être » dans la vie de Beaumarchais qui a lui-même pris les déguisements les plus contradictoires : « La *duplicité,* le fondement de la conception baroque de la vie sociale, est aussi celui de la comédie depuis Marivaux. » De fait, on trouve, dans *Le Barbier de Séville*, non pas l'expression d'une philosophie, mais les principes artistiques essentiels du baroque : fausse apparence, trompe-l'œil ; « de la paillette », note André Gide.

## FAUX-SEMBLANTS ET TROMPE-L'ŒIL

### Les personnages déguisés : masques et comédies

Que de fois revient le terme « déguisé » (I, 1 ; II, 8 ; III, 12...). Déjà utilisés, mais modérément, dans la comédie traditionnelle et classique (*Le Bourgeois Gentilhomme*, *L'Avare*...), les déguisements se multiplient dans *Le Barbier de Séville. Almaviva* joue le Cavalier ivre, puis le maître de musique-élève de Bazile. Alors même que, débarrassé du personnage prestigieux qu'il incarnait à Madrid, il prétend « être aimé pour soi-même » (I, 1), cette volonté d'authenticité ne se réalise que sous un nouveau masque (comme Dorante dans *Le Jeu de l'Amour et du Hasard* de Marivaux) : celui d'humble bachelier qu'il ne quittera qu'à la fin de la pièce. Figaro, instruit par les conséquences fâcheuses d'une trop grande sincérité (I, 2), s'applique de multiples masques. Bartholo, lui aussi, se travestit : aux yeux du monde — et surtout des « galants » (I, 4) —, il se fait passer pour le mari de Rosine ; puis, il joue le tuteur attentionné (II, 15 ; III, 3 et 4) ou bonhomme (IV, 3). Même *Rosine* déguise parfois : avec Bartholo, elle n'est jamais elle-même ; sans compter ses colères, son évanouissement (II, 15) et sa soumission feints (III, 4). Cette multiplicité de déguisements fait que les personnages, même alliés, n'ont généralement qu'une connaissance partielle de la situation : la scène 11 de l'acte III semble un « chœur » à l'unisson, mais cet accord repose sur des illusions.

## La vérité et les mots déguisés

Partout, dans *Le Barbier de Séville*, la vérité se trouve *déguisée* : les *mensonges* s'y entrecroisent — parfois anodins (Rosine : I, 3 ; II, 15 ; Figaro : III, 5...), parfois plus cruels (Bartholo : III, 4 ; IV, 3...) — créant des situations étourdissantes (III, 11). La calomnie ? Un « conte absurde », un mensonge dont avec « adresse » on fait une vérité (II, 8 ; IV, 3). C'est enfin le *déguisement* incessant *des mots* employés à double sens par des personnages qui mènent constamment un double jeu : Almaviva-Lindor avec Rosine et Bartholo :

> LE COMTE. — Mais s'il y a de l'obscurité dans mes phrases...
> ROSINE. — J'en saisirai l'esprit.
> LE COMTE (à Rosine). — Non, attachez-vous à la lettre. (II, 14)

Plus loin :

> BARTHOLO.— Il (Figaro) ne m'attrapera plus.
> LE COMTE. — Je crois qu'à cet égard le plus fort est fait. (III, 8)

Figaro vient de subtiliser la clé de la fenêtre et lance : « Moi, en montant, j'ai accroché *une clef* » (Bartholo comprend qu'il a accroché sa manche à une clef de porte) (III, 10). À Bartholo qui lui reproche sa maladresse, Figaro, fier à juste titre de son habileté, conseille ironiquement de chercher un barbier « plus *subtil* » (III, 10). Bazile reconnaît : « Je sens que je ne suis pas ici *dans mon assiette ordinaire* » : pour Bartholo, c'est la confirmation d'un malaise ; pour Bazile, c'est l'aveu de son embarras devant un manège dont il n'est pas dupe (III, 11). Bazile déguise même les proverbes : « Ce qui est bon à prendre... (est bon)... à garder » (IV, 1). Rosine aussi s'essaie au jeu des mots déguisés : « Le coup m'a porté au *cœur* » (jeu sur le propre et le figuré = amour).

## Une Espagne de fantaisie

Apparemment soucieux de réalisme local, Beaumarchais s'applique à donner de nombreux détails exotiques : les noms des personnages (Almaviva est « grand d'Espagne »), les précisions vestimentaires « rescille[1] » de Figaro, habit (« à l'espagnole » du Comte...), les nombreux accessoires (guitare, jalousie), les personnages typiquement espagnols (alguazil[2], alcade...), les noms géographiques (« Estramadura, Sierra-Morena », I, 2), l'ariette de Rosine « dans le goût espagnol » (note de Beaumarchais) tentent de camper un cadre espagnol. Mais il s'agit là d'une fausse Espagne : outre quelques approximations (« *signora* » est italien et non espagnol, I, 3...), les allusions aux mœurs théâtrales (I, 2 : à Marin[3], le censeur, à la Cabale[4]), à l'*Encyclopédie* (I, 3), transportent *Le Barbier de Séville* dans une France déguisée, dans un univers empreint de fantaisie poétique.

## Faux actes, fausses scènes ; faux dialogues, faux monologues

*Trompe-l'œil* encore *dans la forme* même de la pièce : Beaumarchais déguise actes, scènes et dialogues : l'acte I n'est en fait constitué que d'une scène unique (mêmes personnages : Almaviva, Figaro, Bartholo, Rosine, séparés par la même jalousie). Fausses scènes donc que celles de l'acte I : pour le spectateur qui voit tout (même les personnages cachés : Figaro et Almaviva, I, 3 ; I, 5), les changements de scènes ne sont ni réels ni sensibles. De même, les scènes 6 à 9 de l'acte III ne forment en fait qu'un ensemble où les très brèves éclipses de Bartholo ou de Figaro ne constituent pas une solution de continuité.

*Déguisement encore des monologues et des dialogues* : faux monologue que celui de Figaro, au début de la scène 2 de l'acte I,

---

**1.** Filet pour maintenir les cheveux.
**2.** Officier de police espagnol.
**3.** Voir page 57.
**4.** Voir note de la page 32.

car Figaro s'y dédouble : c'est en fait le dialogue d'un créateur et de son critique littéraire (« Fort bien, Figaro !... »). En revanche, faux dialogue que celui de Figaro et du Comte dans la suite de cette scène : il s'agit pour Beaumarchais de mettre le spectateur au courant du passé de Figaro et des mœurs littéraires : Figaro destine en fait ce monologue déguisé au public.

## Fausse présence, fausse absence des personnages

Déjà le théâtre du XVIIe siècle avait utilisé, mais modérément, les fausses absences de personnages ; Orgon est sur scène, mais dissimulé sous une table, visible pour le spectateur, invisible pour Tartuffe (*Tartuffe*, IV, 5). Dans *Le Barbier de Séville*, nombreuses sont les présences ou les absences déguisées. Dès l'acte I (scène 3), le Comte et Figaro se trouvent sur scène, bien qu'ils soient censés ne pas y être (ils sont cachés sous la jalousie), absents pour Bartholo, présents pour Rosine, visibles pour le spectateur ; Rosine interpelle ce personnage absent qu'est le Comte qui apparaît pour ne faire « qu'un saut » et « rentre » non pas dans les coulisses, mais... sur scène, sous le balcon. À la scène 4, « ils entrent avec précaution » : fausse entrée sur un plateau qu'ils n'ont pas quitté. Ce type de situations qui ne durent que quelques instants chez Molière (*L'Avare*, II, 3) se prolonge ici pendant tout l'acte I. Enfin, dans la scène 6, Rosine a disparu, mais on l'entend encore chanter depuis son appartement (on devine même un quatrième personnage, « *quelqu'un* » qui rentre et la contraint à fermer sa fenêtre) ; encore ne disparaît-elle pas vraiment puisque le Comte reprend les vers de son amante, prolongeant ainsi sa présence fictive. Même effet à la scène 4, quand Figaro imite Rosine et que le Comte lit son billet, la rendant ainsi indirectement présente. À l'acte III (scène 2), Bartholo espionne Rosine « assise auprès de sa fenêtre le dos tourné à la porte, occupée à relire une lettre » puis il lit son billet : deux procédés qui donnent presque l'illusion que Rosine est sur scène.

Le double décor de l'acte I facilite ces jeux de trompe-l'œil, mais, malgré un changement de cadre, les actes II et III comportent des effets identiques: Figaro n'apparaît presque pas dans l'acte II, mais tout montre qu'il n'est pas loin: derrière La Jeunesse et L'Éveillé, on le devine dans son rôle de... vétérinaire; caché dans le cabinet à espionner Bartholo et Rosine (scène 4), puis Bartholo et Bazile (scène 8), il entend et sait tout, comme s'il se trouvait sur scène, illusion et demi-présence indispensables pour l'intrigue; est-il présent ou absent, à la scène 8, quand il «paraît de temps en temps»? À l'acte III, Bartholo s'endort (scène 4): il n'est donc pas vraiment présent, il n'entend pas et son esprit est absent. Les scènes 5 à 11 présentent un autre type de fausse présence due à la division du plateau en deux plans: Figaro et Bartholo animent la scène de leur bavardage tandis que Rosine et le Comte, en arrière-plan, n'existent que par leur jeu muet (sauf à la scène 9 où ils sont seuls). Figaro rappelle à l'ordre le Comte «rêvassant» (scène 5) qui, «revenant à lui», montre par son embarras que son esprit, sinon son corps, était vraiment ailleurs.

## JEUX D'ÉCHOS ET MIROIRS DÉFORMANTS

Les œuvres baroques abondent en fausses perspectives, dédoublements, déformations et échos. Qu'en est-il du *Barbier de Séville*?

### Le décor : emboîtement et perspectives multiples

*Le Barbier de Séville* ne respecte pas la règle de la stricte unité de lieu (l'acte I se déroule dans deux lieux contigus); Beaumarchais retrouve la liberté d'un *lieu général unique*; entre les actes I et II, un simple changement de perspective: le lieu de l'acte I englobe celui des autres actes; l'auteur fait entrer à l'intérieur de l'appartement (de l'autre côté de la jalousie) le spectateur qui a vue sur l'endroit et l'envers du décor. Ces «variations sur un même lieu» se compliquent d'un emboîtement plus vaste: les coulisses sont en prise directe avec la scène et multiplient les perspectives: on les sent habitées; d'un côté, «à quatre pas d'ici», la boutique de Figaro (I, 6); au fond, près des coulisses, le «cabinet du clavecin» d'où apparaît Figaro (II, 4 et 8), puis «le petit escalier» (II, 10) par lequel il doit descendre «le plus doucement» possible (II, 2); cette porte vers la rue que Bartholo ferme sans cesse (II, 15), la chambre de Rosine que Bartholo voit de la scène même (III, 2: «il va ouvrir doucement la porte de Rosine»), où «l'on dispute» avec fracas (III, 3), d'où Rosine sort à «minuit sonné» (IV, 2); l'escalier où «l'on ne voit goutte», où Figaro a brisé la vaisselle (II, 9 et 10); plus loin encore, «la grande place» (II, 8) où loge le Comte et au-delà de la scène, derrière Bazile, on sent tout un monde fourmillant de louches activités.

## Thèmes en écho

*Le Barbier de Séville* comporte de nombreuses *répétitions en écho*: tantôt ce sont des *mots* repris avec des sentiments ou des intonations différents par plusieurs personnages («l'homme de loi», le «allez vous coucher» ou le «bonsoir, Bazile», III, 11; le «il est fou», III, 13 et 14); tantôt des *éléments* ou des *situations*: déguisements du Comte (I, 1; II, 12 à 14; III, 2); lettres (une première — I, 3 —, puis une deuxième — II, 1 — de Rosine à Lindor; une d'Almaviva à Rosine, II, 14); plusieurs bougeoirs (Rosine, IV, 2; Figaro, IV, 6); deux contrats (IV, 7) qui créent l'illusion de l'existence de deux Rosine (encore un faux personnage: «Les demoiselles *apparemment* sont deux sœurs qui portent le même nom»); deux évanouissements de Rosine (II, 15; IV, 6) dont un faux (illusion encore...). Parfois ce sont des *thèmes* en écho: celui de *La Précaution inutile* (I, 3; I, 4; III, 4; IV, 1; IV, 8), des portes ou de la jalousie fermées (I, 3; I, 6; II, 8; II, 11; IV, 1); parfois les scènes qui se correspondent suivent le *même schéma* (les deux interrogatoires de Rosine par Bartholo: II, 15; III, 4); que l'on compare les scènes I, 6 et II, 8: dans l'une comme dans l'autre, un intrigant (Figaro/Bazile) conseille son «employeur» (Almaviva/Bartholo), lui réclame de «l'or»; même composition: 1. Nouvelles apportées par Figaro/Bazile. 2. Élaboration d'un plan. 3. Directives finales. Même type d'écho dans la construction des scènes III, 11 et IV, 7: une arrivée de Bazile, ahuri; le Comte en meneur de jeu; le même expédient (l'or) convainc Bazile. Certains de ces échos s'accompagnent de déformations: Bazile est un Figaro dénaturé; les couplets de Bartholo rappellent burlesquement la chanson de Rosine (III, 4); le début de la scène 4 de l'acte I (Figaro «contrefaisant» Rosine) est un raccourci caricatural de la scène 3.

## UNE PIÈCE « À FICELLES »

André Roussin, dans une conférence, démontra l'importance, dans *Le Barbier de Séville*, de ce qu'il appelle avec humour «le système à ficelles», réplique du «système d'échappement pour les montres[5]», inventé par Beaumarchais.

### Le « chronométrage » scénique — entrées et sorties

Roussin avoue s'être senti, en jouant *Le Barbier de Séville*, «gêné et ligoté par d'invisibles liens», particulièrement aux deuxième et troisième actes; c'est «que le *Barbier* est une pièce qui doit se *danser*: (...) les acteurs [...] n'ont pas le droit [...] d'ajouter un pas à une variation». Par une expérience originale, il montre que cette impression «correspond à quelque chose de très particulier dans la facture même de la pièce». Première démonstration, premier exemple: la scène 12 de l'acte II (Lindor doit remettre à Rosine son billet). Sur un «stop» du conférencier, les Comédiens-Français qui l'assistent (Messieurs Chamarat et Martinelli) «s'arrêteront dans leurs répliques et leurs attitudes». Les acteurs jouent la scène et:

> LE COMTE. — Balordo, Barque à l'eau, je m'en moque comme de ça. Il s'agit seulement de savoir laquelle des deux. *(À Rosine, lui montrant le papier.)* Prenez cette lettre.

*Ici le conférencier crie: «Stop», sort un mètre de sa poche et montre au public que la position des acteurs à ce moment précis ne peut varier, ne serait-ce que de quelques centimètres, sans rendre impossible la suite de la scène, car si la main de Rosine atteint celle d'Almaviva et s'empare de la lettre, il n'y a plus de deuxième acte.*

5. Ce système empêche que le ressort de la montre ne se détende ou trop brutalement ou trop irrégulièrement.

Deuxième exemple : le troisième acte est « engagé sur *une phrase* » : « Tout le jeu de Beaumarchais sera à faire en sorte que cette phrase » d'Alonzo à Rosine, « le Comte *ne puisse pas* la dire ; cette phrase n'est pourtant pas longue ; si elle était dite, (elle) serait à peu près celle-ci : "J'ai dû montrer votre lettre à votre tuteur pour obtenir sa confiance." Et de fait, cette phrase sera dite au quatrième acte..., car si elle était dite plus tôt, il n'y aurait plus de pièce. »

Les acteurs jouent les scènes 3 et 4 de l'acte III et :

ROSINE. — Il ne nous quittera pas.
LE COMTE. — Figaro va venir nous aider.

*Le conférencier crie : « Stop ! », sort, cette fois, de sa poche un chronomètre et compte combien de secondes sont nécessaires pour dire les cinq dernières répliques (scène 4). Il prie M. Martinelli de bien vouloir dire ensuite la phrase utile, mais que Beaumarchais ne veut pas qu'on dise encore. Il faut, pour la prononcer, trois secondes de moins que pour les cinq répliques. Donc ce n'est pas le temps qui manque, c'est l'auteur qui impose sa volonté contrairement à ce qui serait logique pour les personnages.*

Plus loin, lors de la « fausse sortie de Bartholo » (III, 9), la troisième réplique est la fameuse phrase qui ne doit pas être dite : « Quant à la lettre que j'ai reçue de vous ce matin, je me suis vu forcé... » Hop, Bartholo revient et j'imagine le bon tour que M. Chamarat, jouant Bartholo, pourrait faire à M. Martinelli, tenant le rôle d'Almaviva. S'il ne rentrait pas tout de suite ! Imaginons l'accident, Almaviva en serait réduit à dire : « Quant à la lettre que j'ai reçue de vous ce matin, je me suis vu forcé..., je me suis vu forcé... S'il ne rentre pas, je vais être forcé de vous dire à quoi j'ai été forcé !...[6] ». Voilà qui souligne bien la précision, la minutie calculée des entrées et des sorties (de Figaro, par exemple, II, 9), les chassés-croisés des scènes 9 à 12 de l'acte II. Si Beaumarchais essaie parfois de cacher la ficelle, en rendant vraisemblables psychologiquement les sorties de Bartholo (II, 15) par son obsession des portes fermées (I, 3,...), le spectateur se passe bien de telles justifications et se réjouit de ce coup de chance.

---

**6.** André Roussin, *op. cit.*, p. 382 à 392.

## L'intrigue : le plaisir de l'auteur et du spectateur

« Ne voulant faire qu'une pièce amusante et sans fatigue, une espèce d'imbroille» (= imbroglio ou intrigue compliquée) (*Lettre Modérée*), Beaumarchais complique à plaisir les événements de cette journée bien remplie : à chaque fin d'acte, il défait ce qu'il avait construit. Le billet du Comte rend vains tous les efforts de Rosine pour apaiser Bartholo : il fallait au contraire entretenir une querelle ouverte (II, 16). L'acte III atteint progressivement son point d'équilibre à la scène 12 : la tromperie est parfaite : soudain, tout s'écroule pour deux mots du Comte (« déguisement inutile »). À l'acte IV, on frôle la catastrophe : Rosine a découvert le plan de Lindor à Bartholo.

La récapitulation des principaux « contretemps » de la pièce permet de mesurer sa complication :

1. Bartholo a fixé son mariage au lendemain. (I, 5)
2. Bartholo sait que Rosine a écrit une lettre. (II, 11)
3. Bartholo possède un brevet d'exemption. (II, 14)
4. Rosine, en colère, refuse de voir Alonzo. (III, 3)
5. Alonzo doit céder sa lettre et ne peut en avertir Rosine. (III, 2, 9 et 12)
6. Bazile arrive impromptu. (III, 11)
7. Bartholo surprend Alonzo et Rosine. (III, 12)
8. Rosine, persuadée de l'infamie d'Alonzo (IV, 3), avoue tout à Bartholo.
9. L'échelle est enlevée, la porte fermée. (IV, 6)

## Des châteaux de cartes

Le troisième acte repose sur une certitude bien fragile : Bazile ne reviendra pas de la journée. À quoi tient la scène 2 du même acte ? Au fait que Bartholo ne reconnaît pas en Alonzo le Lindor de l'acte précédent (Rosine, elle, ne s'y trompe pas). À quoi le dénouement doit-il enfin sa gaîté ? À un simple « Monseigneur » (IV, 6) qui détrompe Rosine et à une sortie imprudente de Bartholo qui assure le retour au ton de la comédie. Faut-il parler d'invraisemblance, alors que le public n'a pas le temps, à la représentation, de penser que c'est par enchantement que toutes les difficultés ont disparu ?

## Le jeu entre le réel et la fiction

Beaumarchais, n'hésite pas à souligner ces artifices, brisant par jeu l'illusion théâtrale qui vise à faire croire à la réalité de l'action représentée. Prenant du recul, il adresse au public des *clins d'œil* de connivence : il juge ses « ficelles » par l'intermédiaire d'Alonzo : « Mais prenez garde que *toutes ces histoires de maîtres* supposés sont *de vieilles finesses, des moyens de comédie* » (III, 2) ; ou de Bartholo : « Mais quel *radotage* me faites-vous là, Bazile ? » (II, 8).

Clin d'œil encore, pour montrer qu'il n'est pas dupe de son Espagne de fantaisie lorsque Bartholo s'exclame : « Nous ne sommes pas ici en France… » (II, 15). À la dernière scène, Figaro « sort » de la pièce et la commente à l'avant-scène comme un annonceur de foire ou de parade ; porte-parole de l'auteur, il rebaptise la comédie, se réjouit de son dénouement réussi et fort moral : auteur, critique, mais aussi personnage à mi-chemin entre la pièce et la réalité.

Cette attirance pour l'illusion, pour le jeu théâtral tient à la fois à la personnalité de Beaumarchais et aux goûts de son époque, de son public. Personnage difficile à saisir, il mena une double carrière d'homme d'affaires et de littérateur, qu'il compliqua d'activités politiques sous des identités variées. Sa formation d'horloger lui donne également le goût des mécanismes complexes et ingénieux, qu'il partage avec le public du XVIIIe siècle, lui aussi amateur de techniques. En outre, dans cette fin de siècle, on est blasé, on ne veut plus se livrer tout entier à la simple illusion théâtrale : le spectateur réclame un plaisir plus intellectuel que Beaumarchais satisfait, en le faisant complice de sa propre création.

# 7 Un nouveau style de gaîté : la gaîté du style

Beaumarchais n'a voulu faire avec *Le Barbier de Séville* « qu'une pièce amusante et sans fatigue » (*Lettre Modérée*). Dans une lettre de 1784, il explique : « J'ai tenté, dans *Le Barbier de Séville*, de ramener au théâtre l'ancienne et franche gaîté en l'alliant avec le ton léger de notre plaisanterie actuelle. »

## LES BONS VIEUX MOYENS DE FAIRE RIRE

Le *Journal Encyclopédique* accuse : « La pièce est une farce » ; pour la sauver, il a fallu la « purger d'un grand nombre de pasquinades[1], de calembours, de jeux de mots, en un mot de bas comique ». L'examen des premières versions du *Barbier de Séville* montre à quel point Beaumarchais savait mal discipliner de lui-même sa fantaisie (il lui fallait les conseils de ses proches, les sifflets du public pour se corriger). C'était un jaillissement incessant de plaisanteries, plus ou moins douteuses : La Jeunesse répondait aussi au doux nom d'Antiochus Herodes Mathusalem[2], et la mule à celui de Castagna Peteradda[3] ; Figaro lisait à Bartholo le mémoire (III, 5) « au dos duquel sont écrits en gros caractères ces mots : Demandez tout bas où il serre la clé de la jalousie » et « il tient le papier de façon que le public et le Comte peuvent lire le verso ». La comédie définitive conserve bien des traits de farce. Les scènes avec les valets L'Éveillé et La Jeunesse — Beaumarchais le reconnaît — « tiennent un peu de

1. C'est-à-dire de farces.
2. Personnage biblique qui aurait vécu 969 ans.
3. Castagna à cause de sa couleur châtaigne, peteradda à cause d'une certaine « affection venteuse » (Beaumarchais) : elle pétarade ou pète.

la parade». «N'est-ce pas un petit moyen de gaîté que La Jeunesse soit vieux et L'Éveillé imbécile?» Bartholo s'endort, puis danse grotesquement (III, 4); sans compter les clowneries de Figaro. Les travestis, les quiproquos constituaient une inépuisable réserve de comique dans les farces: le Cavalier Lindor (II, 12) multiplie les calembours («Balordo, Barque à l'eau»; Beaumarchais a renoncé à «Pot à l'eau, Porc à l'auge...») et les plaisanteries dans le ton de la *commedia dell'arte*: «Qui de vous deux, Mesdames, se nomme le docteur Balordo?» (II, 12).

## « UN TON LÉGER, FIN ET DÉLICAT »

On sourit des conversations spirituelles entre Figaro, racontant ses déboires, et Almaviva amusé de cette faconde (I, 2). Le jeu de devinette que se jouent Rosine et Figaro (II, 2) divertit. Les propos enjoués qui accompagnent la déroute de Bazile (III, 11) et ouvrent la scène 12 portent la marque d'un salon du XVIIIe siècle, où les menus faits de la vie étaient prétexte à des variations spirituelles. «De la paillette», notait Gide, un peu dédaigneusement, à propos du *Barbier de Séville*. Mais, dans un style en fête, qui ne se laisse séduire, même par le «clinquant»?

### « Quelque chose qui eût l'air d'une pensée »

Figaro n'est pas seul à rechercher la formule brillante «qui eût l'air d'une pensée» (I, 2). Tous partagent ce goût, et par là appartiennent bien à leur siècle où comptaient avant tout l'esprit et la conversation. Un simple indéfini («on, chacun, tout»), un adverbe («toujours»), une prise à témoin solennelle (voulez-vous; fiez-vous), et le propos a «l'air d'une pensée». Ces maximes ne sont pas toutes gaies, mais toutes séduisent par leur vivacité. Elles effleurent les sujets les plus divers et, réunies, constitueraient un recueil de Maximes, qui comprendrait des chapitres tels que:

*De l'Amour et du Bonheur*
– Qui diable entend quelque chose à la bizarrerie des femmes. (II, 4)
– Amour sans repos, ou repos sans amour. (II, 2)

– Vous avez pour vous trois passions toutes-puissantes sur le beau sexe : l'amour, la haine et la crainte. (IV, 5)
– Mais un homme injuste parviendrait à faire une rusée de l'innocence même. (II, 16)
– Chacun court après le bonheur. (I, 1)
– La naissance, la fortune, laissons là les jeux du hasard. (IV, 6)
– Les hommes n'ayant guère à choisir qu'entre la sottise et la folie, où je ne vois point de profit, je veux au moins du plaisir. (III, 5)

## L'entrechat verbal

Beaumarchais, que la danse fascinait et qui aurait voulu que la musique fût aussi expressive et mobile que les évolutions d'un danseur, exécute lui aussi entrechats et arabesques, mais avec des mots, quand leur son gai compte pour lui plus que leur sens. La réplique suivante d'Almaviva contient dans son *rythme*, ses *rimes*, ses *reprises*, une gaîté plus enlevée que les calembours qui la précèdent : « Vous avez *raison* ; il *déraisonne*, lui ; mais nous sommes *raisonnables*, nous ! Moi *poli*, et vous *jolie*… enfin *suffit* » (II, 14). Parfois Beaumarchais retrouve l'ivresse verbale de Rabelais, ses jaillissements de mots qui virevoltent dans de folles énumérations : Figaro se souvient de tous ses ennemis, « les insectes, les moustiques, les cousins, les critiques, les maringouins, les envieux, les feuillistes, les libraires, les censeurs… » (I, 2) ; plus loin, il caricature Bartholo (I, 4), Bazile (I, 6) et croque brillamment Rosine (II, 2). Beaumarchais complique à plaisir, ornemente les choses les plus simples : Figaro ne paie pas son loyer ? Il lui faut deux entrechats pour l'expliquer : « *Primo*, la maison que j'occupe appartient au docteur, qui m'y loge *gratis*. […] Et moi, en reconnaissance, je lui promets dix pistoles par an, *gratis* aussi » (I, 4). Qui Lindor aime-t-il ? Répondre « Rosine » serait banal et Figaro s'impose un détour : « Cette personne est *la pupille de votre tuteur* » (II, 2). Quand les tempéraments s'échauffent, chez Molière, rien de tel qu'une volée de coups de bâton sur les épaules du récalcitrant, pour avoir le dernier mot. Chez Beaumarchais, on se livre, pour réduire l'adversaire au silence, à de véritables duels oratoires : Bartholo et Figaro exécutent un pas de deux si fougueux et si leste, aux répliques si bien ajustées qu'ils semblent deux compères dans un numéro bien rodé :

BARTHOLO. — Vous faites là un joli métier, monsieur.
FIGARO. — Qu'est-ce qu'il a donc, *monsieur* ?
BARTHOLO. — Et qui vous fera une belle réputation, *monsieur* !
FIGARO. — Je la soutiendrai, *monsieur*.
BARTHOLO. — Dites que vous la supporterez, *monsieur*.
FIGARO. — Comme il vous plaira, *monsieur*.
BARTHOLO. — Vous le prenez bien haut, *monsieur*. (III, 5)

## « Ce qui ne vaut pas la peine d'être dit… on ne le dit pas »

Le critique René Pomeau, par ce pastiche malicieux d'une réplique de Figaro, souligne un trait caractéristique du style de Beaumarchais : bien qu'il s'amuse parfois à pirouetter, l'auteur acquiert peu à peu le sens d'une plus grande simplicité ; il pratique sans cesse l'*ellipse* pour aboutir, dans le dialogue définitif, à une vivacité plus efficace. Les verbes disparaissent : « Vous, Monseigneur, chez moi, l'habit de soldat, le billet de logement, et de l'or dans vos poches » (I, 6). La concision rend encore plus solennelle la promesse du Comte à Figaro :

ALMAVIVA. — … tu m'entends, tu me connais…
FIGARO. — Je me rends. (I, 6)

On déborde d'esprit chez Beaumarchais et on se comprend à demi-mot, souvent plus chargés de nuances, d'arrière-pensées qu'un long discours :

ROSINE, *baissant les yeux*. — Repos sans amour… paraît…
FIGARO. — Ah ! bien languissant. (II, 2)

Rosine soupire : « Je crains seulement que, rebuté par les difficultés… » La réponse de Figaro condense toutes les craintes qui assaillent Rosine en un éclair. Développée : « oui, (vous craignez qu'il se conduise comme) un feu follet », elle aurait perdu toute expressivité ; Figaro ne donnerait plus l'impression de deviner si bien Rosine.

Une phrase inachevée, et voilà mieux suggérée la curiosité passionnée de Rosine derrière sa jalousie : « Avec qui parliez-vous donc là-bas si vivement ? Je n'entendais pas, mais… » (II, 2). Parfois le geste vient au secours des mots insuffisants : « Oh ! ma foi, pour celui-ci !...(*Il s'approche et baise le bas de l'habit de son maître*) » (I, 6).

## Des figures variées

Dans les premiers états du *Barbier de Séville*, les personnages parlaient une langue assez peu travaillée ; dans la version définitive, ils savent utiliser, mais avec le plus grand naturel, toutes les ressources du style, toutes les figures d'un style recherché qui finit par se faire oublier. Elles donnent à la pièce son charme alerte ; depuis les effets de symétrie, en écho :

> LE COMTE. — Que de grâce ! que d'esprit !
> FIGARO. — Que de ruse ! que d'amour ! (I, 4)

ou compliqués d'oppositions plaisantes :

> BARTHOLO. — Si tu pouvais m'aimer, ah ! comme tu serais heureuse !
> ROSINE. — Si vous pouviez me plaire, ah ! comme je vous aimerais ! (II, 15)

ou : « ennuyé de moi, dégoûté des autres » (I, 2) ; jusqu'aux raccourcis (« les jambes avinées » du Comte, I, 4), en passant par les litotes[4] malicieuses (Figaro avoue à Rosine que Lindor « l'estime infiniment », II, 2 ; le Comte vainc les résistances de Bazile en lui glissant : « Un rien vous embarrasse », IV, 7) et les rythmes allègres :

> FIGARO. — Vous, Monseigneur, chez moi, l'habit de soldat, le billet de logement, et de l'or dans vos poches (I, 6) (voir aussi le portrait de la boutique de Figaro, I, 6).

Ce véritable feu d'artifice verbal s'appuie sur les registres de vocabulaire les plus variés : ici, des tours populaires (« La v'là ! la v'là ! », I, 6 ; « toupiller », III, 4) ou méridionaux (« qui reste en cette ville », II, 2) ; là, des archaïsmes (« douloir », II, 6 ; « céans », III, 2), des latinismes même (« *Concedo* », II, 8), alliés sans gêne aucune à des néologismes surprenants (« feuillistes », I, 2) ou à de pures créations de fantaisie (« maringouins », I, 2).

---

**4.** Façon de parler qui consiste à dire moins pour faire comprendre le plus. Exemple : *Va, je ne te hais point* = *Je t'aime* (Corneille, *Le Cid*).

# 8 La portée du *Barbier de Séville*

## LES IDÉES DE BEAUMARCHAIS

C'est sans arrière-pensée que, en 1772, Beaumarchais écrit *Le Barbier de Séville* « le moins important des drames hasardés depuis un siècle au théâtre » (*Lettre Modérée*). Lorsque, en 1775, après ses démêlés avec la justice et les milieux littéraires, il transforme en partie sa pièce en tribune où il règle ses comptes, il essuie un échec. Enfin, à l'époque, on ne prêta guère attention aux critiques sociales qui subsistaient dans la version définitive. Ce n'est que bien plus tard qu'on admira ou qu'on condamna Beaumarchais comme un héros révolutionnaire aux idées avant-gardistes.

### Un « fossoyeur » de la noblesse ?

S'agit-il de souligner le côté prérévolutionnaire du *Barbier de Séville* ? On invoque toujours les mêmes répliques — trop célèbres — de Figaro : « persuadé qu'un grand nous fait assez de bien quand il ne nous fait pas de mal » (I, 2) ; « aux vertus qu'on exige dans un *domestique*, Votre Excellence connaît-elle beaucoup de *maîtres* qui fussent dignes d'être *valets* ? » (I, 2). Mais ces formules bien frappées, bien symétriques, contiennent plus d'effets de style que de véritables revendications. Le Comte lui-même, cible de ces traits, loin de s'indigner, s'en amuse, car ces pointes ne s'enfoncent pas bien loin... Simples impertinences dans le « style » de Figaro, prêt à se moquer également de tous (maîtres, docteurs, rivaux ou femmes...) pour mieux se faire valoir. On ne peut non plus tirer argument de l'exclamation de Rosine : « La naissance, la fortune ! Laissons là les jeux du hasard » : c'est un lieu commun bien ancien que de souligner que la « naissance » se distingue de la valeur personnelle.

C'est en fait à la *noblesse* que revient le beau rôle: le Comte se voit paré de toutes les grâces, fortune, jeunesse, séduction; Rosine, noble elle aussi, allie la beauté (IV, 6) à la délicatesse et à la bonté. Laid, vieux, malhonnête, le *bourgeois* Bartholo leur sert de repoussoir. Le *peuple* lui-même ne fait pas meilleure figure que lui: excepté Figaro — individu «hors classe» —, tous ses représentants — L'Éveillé et La Jeunesse — se signalent par leur imbécillité ou leur laideur (II, 6 et 7). Il y a loin de Beaumarchais à un révolutionnaire de 1789.

## Un adversaire du clergé ?

Beaumarchais n'est pas davantage un adversaire redoutable du *clergé*. Quand il présente Bazile comme un ecclésiastique sournois et malhonnête, il obéit en fait à une tradition d'hostilité au clergé, d'anticléricalisme, répandue au XVIIIe siècle par des philosophes comme Voltaire. On ne peut donc parler de satire sociale dans *Le Barbier de Séville*. Rien d'étonnant à cela: Beaumarchais, loin d'être une tête politique, fait partie des privilégiés, ne cherche pas à changer un monde dans lequel il se sent à l'aise, et dont il profite.

## Les « cibles » de Beaumarchais

Beaumarchais vise essentiellement les obstacles qui l'ont gêné dans ses menées d'arriviste:

– l'*autorité* que vénère Bartholo (I, 3) et qui contrarie, par un ordre trop strict, les opérations de Beaumarchais;

– la *justice* qui considère moins la nature du délit que le rang du coupable (II, 7) (voir le récit des mésaventures judiciaires de Figaro «accueilli dans une ville, emprisonné dans l'autre», I, 2; ou les personnages ridicules du notaire, IV, 7; ou de l'alcade, IV, 8);

– la *censure* et ses «maringouins» qui interdirent *Le Barbier*;

– les *journaux* (I, 2) qui l'ont «déchiqueté» dans leurs critiques: «feuillistes, libraires» (I, 2), «envieux» (III, 5);

– les *passe-droits* de toutes sortes, du moins quand Beaumarchais lui-même n'en bénéficie pas: l'exemption qui favorise Bartholo

(II, 14), le « procès inique » (II, 8) qu'évoque Bazile sont pour Beaumarchais autant de « dissonances » (II, 8) qui déclenchent sa hargne, mais s'indigne-t-il du peu de scrupule de Figaro, vétérinaire des haras (I, 2), ou de la faveur que le Colonel du Royal-Infant (I, 4) consent à Almaviva pour mener à bien sa conquête ?

Mais n'accordons pas trop d'importance à ces traits éparpillés qui se contentent d'égratigner la société du XVIII^e siècle.

– « *la république des Lettres* ». On retrouve, dans *Le Barbier de Séville*, certains échos des mœurs littéraires de l'époque. Le démon de l'écriture touche alors tous les milieux. Poètes, romanciers, dramaturges, journalistes, libraires et censeurs constituent cette « république des Lettres » qui est « celle des loups » (I, 2) et se retrouvent au « Café » (*Procope*) (I, 2) pour organiser leurs querelles intestines. Si Figaro condamne les pratiques qui le gênent — comme celle de la Cabale[1] (I, 2) —, il ne se refuse pas, pour aider le succès, les services d'une claque vigoureuse « aux mains comme des battoirs » (I, 2). Beaumarchais parle par expérience personnelle : s'il comptait quelques amis prêts à l'aider, il rencontrait aussi bien des adversaires décidés à empêcher ce nouveau venu de mordre dans leur domaine.

Quelques allusions permettent de cerner les idées littéraires de Beaumarchais : à l'inverse de Bartholo, il prend parti pour les thèses encyclopédistes (I, 3) et, pour lui, la liberté politique doit s'accompagner de la liberté artistique (I, 2). C'est son tempérament, mais aussi son opportunisme qui le poussent à opter pour les « nouveautés » comme les drames (dont Diderot fut l'inspirateur) et à mépriser les « anciens » genres comme la tragédie (I, 3).

## Un féministe ?

Selon Gudin, ami de Beaumarchais, « toutes ses pièces, même son opéra, sont des plaidoyers en faveur des femmes ». La situation de Rosine n'est guère enviable : elle est traitée en mineure, ses biens lui échappent, son courrier est ouvert, la fuite lui est interdite (II, 15). Le comédien Michel Etcheverry (1978) a cru déceler dans certaines

---

1. Voir note de la page 32.

répliques de Rosine un ton en accord avec les revendications de bien des femmes — aujourd'hui encore —, victimes elles aussi de mesures discriminatoires : Rosine adresse les apartés par lesquels elle justifie sa conduite directement au public pour prendre à témoin les spectateurs qu'« un homme injuste parviendrait à faire une rusée de l'innocence même » (II, 16) ou que son « excuse est dans (son) malheur » (I, 3). Elle semble alors bien plaider la cause des femmes.

Mais, en fait, le regard que, dans la comédie, portent les hommes sur Rosine est bien le même, peu flatteur : incompréhensible et capricieuse pour Bartholo (III, 1), rusée et coquette pour Figaro, pour tous proie qu'il faut séduire (et le respect d'Almaviva pour elle est bien neuf !). Ce n'est que dans *Le Mariage de Figaro* que Marceline, dans des répliques quelque peu déclamatoires, dénoncera d'une façon plus nette et plus convaincante la triste condition des femmes.

Enfin, le mariage idéal, selon Beaumarchais, ressemble à l'union recommandée par Molière au XVIIe siècle : l'harmonie d'âge, de condition et de beauté en étaient les fondements : « Mademoiselle est noble et belle ; je suis homme de qualité, jeune et riche... » (IV, 8), lance le Comte. Là encore rien de bien nouveau ni original.

*Le Barbier de Séville* n'apparaît donc pas comme une pièce militante : dans la lignée d'un genre « conservateur », la parade, il constitue plutôt une invitation à la gaîté et au plaisir théâtral.

## LA POSTÉRITÉ DU *BARBIER DE SÉVILLE*

### *Le Mariage de Figaro ? La Mère Coupable ?*

#### Unité apparente

On a souvent regroupé dans une trilogie[2] *Le Barbier de Séville* et les deux œuvres qui le suivirent. Bien des apparences appuient cette thèse. D'une pièce à l'autre, les personnages principaux portent le même nom et cette suite présente chronologiquement des destinées

2. C'est-à-dire un ensemble cohérent de trois pièces de théâtre.

presque complètes. *Le Barbier de Séville*, c'est le mariage d'Almaviva et de Rosine, aidés par Figaro. Dans *Le Mariage de Figaro*, après trois ans, le Comte s'est détaché de son épouse et cherche à séduire Suzanne, fiancée de Figaro ; Rosine, elle, — Madame la Comtesse — n'est pas insensible au jeune page Chérubin. Dans *La Mère Coupable*, drame larmoyant et moralisateur, le Comte et la Comtesse âgés, parents tous deux d'enfants adultérins Léon et Florentine (qui s'aiment à leur tour) auraient, sans les services de leur vieux Figaro, été victimes du traître Begearss. En fait, il s'agit là de créations postérieures qui n'offrent que des parentés superficielles.

## *Le Barbier de Séville* de Rossini ?

La postérité du *Barbier* est ailleurs. Sa prodigieuse réussite lui valut d'être très vite porté sur la scène lyrique : dès 1782, *Le Barbier de Séville* de Paisiello remporte un vif succès et, quand, en 1816, Rossini donne son *Barbier de Séville,* il existe déjà une dizaine d'opéras. Un tel foisonnement laisse supposer que *Le Barbier de Séville,* était prédestiné à une telle carrière. Beaumarchais a « toujours chéri la musique ». En 1772, il propose un opéra-comique aux Comédiens-Italiens : *Le Barbier de Séville,* ouvrage « fort gai, orné de couplets sur des airs espagnols qu'il (Beaumarchais) avait rapportés de Madrid et sur des airs italiens qu'il voulait naturaliser en France ». *Le Barbier* conserve de cette genèse un caractère musical évident.

### Des airs d'opéras

Le chant tient dans la comédie définitive une place encore importante : air gai de Figaro (I, 2), couplets galants du Comte et réponse de Rosine (I, 6), chanson burlesque du soldat (II, 13), ariette de Rosine et chansonnette de Bartholo (III, 4). *Le Barbier de Séville* contient aussi nombre de refrains juste esquissés, de ces reprises fréquentes dans le chant pour souligner une émotion, une volonté (« Ah ! *ma chanson ! ma chanson* est tombée en vous écoutant, courez, courez donc, Monsieur ! *ma chanson*, elle sera perdue ! » I, 3 ; « La v'là, la v'là. [...] », I, 6 ; III, 11). Beaumarchais donne au dialogue

« énergique et pressé » le *tempo* qu'il souhaiterait trouver dans une musique toujours « trop lente » à son goût (*Lettre Modérée*).

### Une réelle harmonie

Paisiello avait composé son œuvre dans le ton de la farce, ton que Rossini refusa d'adopter. La comédie lui semblait un peu lourde, certaines plaisanteries douteuses (particulièrement la chanson grivoise de Bartholo, III, 4, qu'il rendit plus convenable). Le livret de Sterbini n'offre cependant que des modifications minimes par rapport à la comédie. L'Éveillé et La Jeunesse disparaissent, et, avec eux, deux scènes de comique appuyé (II, 6 et 7).

En revanche, Rossini fait apparaître la duègne de Rosine — simplement nommée dans *Le Barbier de Séville* — cette vieille qui prise et éternue (souvenir du personnage de La Jeunesse ?) ne sert en fait qu'à rétablir un certain équilibre entre les voix féminines (2) et masculines (4). Des hors-d'œuvre disparaissent, en particulier le récit de la vie de Figaro et de ses déboires littéraires. Rossini allège bien des passages : Rosine remplace aussitôt la lettre de Lindor par une liste de commissions que Bartholo lui arrache sur-le-champ devant Lindor (toute la scène II, 15 disparaît donc). Les révélations calomnieuses de Bartholo tiennent en une réplique, et Rosine ne trahit pas alors la venue imminente de son amant, ne se lamente pas sur la perfidie de Lindor (réduction de l'acte IV, 3 et 4). C'est par ces menues suppressions que Rossini réussit à resserrer une intrigue qu'il cherche aussi à rendre plus vraisemblable : Bartholo se méfie un instant d'Alonzo, car il lui semble, et pour cause, que « ce visage ne (lui) est pas inconnu ». Almaviva n'essaie pas d'apprendre à Rosine qu'il a remis à Bartholo une lettre, ce qui élimine les multiples tentatives — inexplicablement ratées — qu'il fait dans la comédie (III, 4, 9 et 12). En fait, seul le final du premier acte de l'opéra — correspondant à la fin du deuxième acte chez Beaumarchais — offre une modification de réelle importance : la dispute entre Bartholo et Lindor s'envenime, leurs cris attirent non seulement Berta, Bazile et Figaro, mais encore le guet à qui Almaviva est obligé (pour n'être pas arrêté) de communiquer discrètement son identité. Cette innovation permettait à Rossini de disposer d'une masse vocale plus importante pour le chœur endiablé qui étourdit Bartholo et précède l'entracte.

**Une musique expressive**

C'est la *musique* qui rend le mieux compte de l'esprit et de la gaîté de la comédie, ainsi que du caractère des personnages. L'air dans lequel *Figaro* se présente, le célèbre «*Largo al factoton*» (= Place au factoton) rend parfaitement, par son tempo très vif, son débit de plus en plus précipité, le brio du volubile barbier qui l'agrémente à perdre haleine de fioritures et de vigoureux «tralalalère».

Si l'air de *Bartholo* «*A un dottor della mia sorte*» («à un docteur de mon espèce») a rebuté bien des basses, c'est qu'il exige d'eux des qualités très variées parce qu'il rend compte par sa diversité des multiples aspects du personnage: solennité vaniteuse dans le rythme lent initial, brutalité dans les questions pressantes, mais aussi vigueur de l'extraordinaire précipitation finale. L'opéra s'appela d'abord *Almaviva ou la Précaution inutile*: c'est dire l'importance que Rossini donna à ce rôle-titre. Sa caractérisation vocale donne même plus de relief au personnage que chez Beaumarchais: il faut un ténor vaillant pour cet amoureux qui chante à Rosine une aubade pleine de passion contenue et qui s'amuse, mais sans vulgarité, de ses déguisements: le cavalier Lindor, après avoir lancé de sonores «Ehi!», entonne une marche martiale («battaglia!»); au contraire, voix de tête nasillarde pour l'hypocrite Alonzo plein d'onction.

En écrivant le rôle de Rosine pour le timbre chaud de *mezzo-contralto*, Rossini montrait qu'il ne considérait pas le personnage comme une petite demoiselle à la tête légère, mais comme une jeune femme prête à tout pour défendre son bonheur. La cavatine[3] (qui correspond à la scène 1 de l'acte II) rend les nuances du caractère de Rosine par ses différents mouvements, ses effets de rythme et de tonalité: rêveur, déterminé, enjoué, et féroce: «Je suis respectueuse, obéissante, mais si l'on me touche, je suis une vipère.»

**3.** Air bref d'opéra.

Bien que le critique Jacques Schérer remarque que « Rossini n'a pas dû avoir beaucoup de peine à tirer un air célèbre de la tirade de la Calomnie » tant son caractère musical est déjà marqué dans la comédie, reconnaissons que le compositeur a su non seulement rester fidèle au texte (mêmes harmonies imitatives : « *insensibile-sussurar* », « *brontolando-rimbombar* »), mais aussi lui ajouter une dimension, qui font que la tirade de Beaumarchais, si elle n'est pas dite par un comédien exceptionnel, peut, par comparaison, paraître fade. La musique permet de rendre parfaitement saisissante à la fois l'accélération du mouvement *pianissimo* (syllabes très détachées) — *crescendo*, mais aussi l'augmentation du volume : les cordes accompagnent d'abord seules la voix de basse par une ritournelle sautillante, puis peu à peu viennent les tonalités graves des bois, jusqu'au double coup de timbales. Finalement, le fracas retombe mais la voix « sale » de Bazile peint alors à la fois sa satisfaction sadique et l'état misérable du calomnié, une fois la tempête passée.

Relevons enfin quelques situations où la musique fait merveille : le duo dans lequel Figaro et Almaviva mettent au point leur stratégie (déguisement de Lindor) est emporté par un mouvement endiablé ; l'effervescence du barbier décrivant sa boutique et pensant à la récompense qui l'attend, la passion du Comte se fondent dans des couplets chantés simultanément qui se combinent et se renforcent, montrant ainsi leur complicité. La scène de la stupéfaction de Bazile n'a rien à envier quant à la verve à son équivalent de comédie : à la lenteur, à la gravité hébétée de Bazile s'oppose toute une variété de timbres qui se mêlent enfin dans un tourbillon.

*Le Barbier de Séville* a engendré — ou paru engendrer — de nouvelles œuvres, dont elle a, en retour, reçu un double éclairage : le premier, renvoyé par *Le Mariage de Figaro* (qui, à tort, apparaît comme la suite naturelle du *Barbier de Séville*), fausse les perspectives et lui donne une dimension qu'il n'a pas ; le deuxième, renvoyé par le *Barbier* de Rossini, nous aide au contraire à mieux saisir la musicalité première du *Barbier* de Beaumarchais.

TROISIÈME PARTIE

# Cinq lectures méthodiques

# Texte 1 | Acte I, scène 4

FIGARO, *contrefaisant la voix de Rosine.* — Ma chanson ! ma chanson est tombée ; courez, courez donc, *(Il rit.)* ah ! ah ! ah ! ah ! Ô ces femmes ! voulez-vous donner de l'adresse à la plus ingénue ? enfermez-la.

LE COMTE. — Ma chère Rosine !

FIGARO. — Monseigneur, je ne suis plus en peine des motifs de votre mascarade ; vous faites ici l'amour en perspective.

LE COMTE. — Te voilà instruit, mais si tu jases...

FIGARO. — Moi, jaser ! je n'emploierai point pour vous rassurer les grandes phrases d'honneur et de dévouement dont on abuse à la journée ; je n'ai qu'un mot : mon intérêt vous répond de moi ; pesez tout à cette balance et...

LE COMTE. — Fort bien. Apprends donc que le hasard m'a fait rencontrer au Prado, il y a six mois, une jeune personne d'une beauté... Tu viens de la voir !.... Je l'ai fait chercher en vain par tout Madrid. Ce n'est que depuis peu de jours que j'ai découvert qu'elle s'appelle Rosine, est d'un sang noble, orpheline et mariée à un vieux médecin de cette ville, nommé Bartholo.

FIGARO. — Joli oiseau, ma foi ! difficile à dénicher ! Mais qui vous a dit qu'elle était femme du Docteur ?

LE COMTE. — Tout le monde.

FIGARO. — C'est une histoire qu'il a forgée en arrivant de Madrid, pour donner le change aux galants et les écarter ; elle n'est encore que sa pupille, mais bientôt...

LE COMTE, *vivement.* — Jamais. Ah, quelle nouvelle ! j'étais résolu de tout oser pour lui présenter mes regrets, et je la trouve libre ! Il n'y a pas un moment à perdre, il faut m'en faire aimer, et l'arracher à l'indigne engagement qu'on lui destine. Tu connais donc ce tuteur ?

FIGARO. — Comme ma mère.

LE COMTE. — Quel homme est-ce ?

FIGARO, *vivement.* — C'est un beau, gros, court, jeune vieillard, gris pommelé, rusé, rasé, blasé, qui guette et furète et gronde et geint tout à la fois.

LE COMTE, *impatienté.* — Eh ! je l'ai vu. Son caractère ?

FIGARO. — Brutal, avare, amoureux et jaloux à l'excès de sa pupille, qui le hait à la mort.

LE COMTE. — Ainsi, ses moyens de plaire sont…

FIGARO. — Nuls.

LE COMTE. — Tant mieux. Sa probité ?

FIGARO. — Tout juste autant qu'il en faut pour n'être point pendu.

LE COMTE. — Tant mieux. Punir un fripon en se rendant heureux…

FIGARO. — C'est faire à la fois le bien public et particulier : chef-d'œuvre de morale, en vérité, Monseigneur !

LE COMTE. — Tu dis que la crainte des galants lui fait fermer sa porte.

FIGARO. — À tout le monde ; s'il pouvait la calfeutrer…

LE COMTE. — Ah ! diable ! tant pis. Aurais-tu de l'accès chez lui ?

FIGARO. — Si j'en ai ? *Primo*, la maison que j'occupe appartient au docteur, qui m'y loge *gratis*.

LE COMTE. — Ah ! ah !

FIGARO. — Oui. Et moi, en reconnaissance, je lui promets dix pistoles par an, *gratis* aussi.

LE COMTE, *impatienté.* — Tu es son locataire ?

FIGARO. — De plus, son barbier, son chirurgien, son apothicaire ; il ne se donne pas dans sa maison un coup de rasoir, de lancette ou de piston, qui ne soit de la main de votre serviteur.

LE COMTE, *l'embrasse.* — Ah ! Figaro, mon ami, tu seras mon ange, mon libérateur, mon dieu tutélaire.

## INTRODUCTION

### Situation du passage

Figaro a retrouvé le Comte, son ancien maître, auquel il a raconté son passé mouvementé. Mais l'apparition au balcon de Bartholo et de Rosine a interrompu leur conversation. Rosine a alors lancé du balcon un « billet » destiné au Comte. Bartholo, qui s'est douté de quelque chose, décidé à surveiller Rosine de plus près, a fermé la fenêtre. Le Comte et Figaro reprennent leur conversation.

### Axes de lecture

Le spectateur découvre le rôle indispensable de Figaro : d'une part, il apparaît comme le personnage-clé de l'intrigue, d'autre part, il donne sa tonalité comique au *Barbier de Séville*. On mesure aussi l'évolution du personnage du valet depuis Molière : Figaro opère en effet un renversement des rôles maître-valet qui fera de lui le meneur.

## FIGARO MAÎTRE DU COMIQUE

Figaro donne son rythme et sa tonalité comique à la pièce. Mais c'est précisément dans la scène 4 qu'il apporte les informations qui transforment en comédie ce qui pouvait devenir une tragédie. Il dynamise aussi la scène par son jeu d'acteur et par son discours.

### Une tragédie ? Non, une comédie…

La fin de la scène 3 laissait le spectateur devant une situation dramatique : un jeune amoureux veut « s'assurer sous (un) déguisement » (I, 1) le cœur d'une jeune fille malheureuse et « enfermée » (I, 3), mais il la trouve « mariée à un vieux médecin ». Devant cet obstacle, le Comte avoue à Figaro qu'il allait renoncer à son entreprise. Or, Figaro apporte une information nouvelle : Rosine « n'est encore que […] (la) pupille » de Bartholo ; non seulement le valet complète ainsi l'exposition, mais surtout, en rendant l'amour possible, il fait résolument du *Barbier de Séville* une comédie.

### Un jeu d'acteur comique

Figaro assure aussi le comique par son jeu d'acteur. Les didascalies (« vivement », « il rit »), ses interjections (« ah ! ah !.... ») et ses multiples exclamations traduisent sa vivacité. Il introduit aussi le théâtre dans le théâtre : il « contrefai[t] la voix de Rosine », imite Bartholo qui « guette et furète » et en fait un portrait pittoresque.

### Un discours plein de fantaisie

Par ailleurs, le discours de Figaro égaie la scène. Pour décrire Bartholo, il accumule les adjectifs en cascade, joue sur des sonorités suggestives (l. 34 à 36) et recourt à l'oxymore[1], *jeune vieillard* ; on imagine aisément le barbon qui « toupille » (tourne comme une toupie). Enfin, il multiplie les plaisanteries ; ainsi, il promet à Bartholo « dix pistoles par an *gratis* » ; par cette périphrase spirituelle, il reconnaît qu'il ne paie jamais son loyer.

## UN RENVERSEMENT DES RÔLES

Dans cet extrait s'opère un renversement des rôles maître-valet, qui reste cependant dans les limites de la tradition.

### Figaro maître de l'information

Figaro apparaît ici comme un informateur indispensable. Au début de la scène, c'est le Comte qui donne des informations sur l'histoire de sa quête amoureuse. Mais très vite, Figaro devient la source d'informations ; le Comte, par ignorance, se trouve alors en position d'infériorité, comme le montre le jeu des questions.

Certes, Figaro pose lui aussi des questions, mais ce sont souvent des questions rhétoriques ; la preuve en est qu'il y répond lui-même : « Voulez-vous donner de l'adresse à la plus ingénue ? Enfermez-la » ; d'autres questions de Figaro ne visent qu'à détromper le Comte : « Mais qui vous a dit qu'elle était femme du Docteur ? » Ici, Figaro

1. Opposition de termes.

profite de la fausse information du Comte pour se donner ainsi de l'importance en la rectifiant. Les questions du Comte, au contraire, sont de véritables demandes d'informations dont la brièveté traduit l'angoisse (« Son caractère ? » ou : « Quel homme est-ce ? »).

L'*assurance de Figaro* se marque aussi dans le jeu des menaces. Le Comte, par sa supériorité sociale, peut se permettre l'intimidation, implicite dans les points de suspension : « Mais si tu jases... » (sous-entendu : *je te punirai*). Mais Figaro, lui aussi, use de l'implicite et de la menace : « Mais bientôt... », dit-il au Comte pour lui suggérer que Rosine sera bientôt mariée.

Petit à petit, Figaro prend encore plus d'aplomb. En effet, au début le Comte lui coupe la parole, s'adresse à lui à l'impératif. Mais, très vite, il ne finit pas ses phrases, les points de suspension trahissent son hésitation : « Ses moyens de plaire sont... ». C'est le valet qui conclut : « Nuls ». Enfin Figaro a toujours le dernier mot et, par des dictons, tire la morale de l'histoire : « Punir un fripon en se rendant heureux [...] c'est à la fois faire le bien public et particulier ».

## Figaro maître du langage

La comparaison du style du Comte et de Figaro met en évidence la pauvreté du langage du maître et la richesse de celui du valet.

Le Comte recourt aux interjections : « Eh ! », « Ah, diable ! ». Ses interrogations sont courtes et elliptiques. Son manque d'imagination transparaît dans les répétitions de termes ou de structure (« Son caractère ? » ; « Sa probité ? »). Il ne sait ni qualifier ni décrire : la banalité de son discours se marque dans l'absence d'adjectifs. Peut-on précisément imaginer Rosine dans ce portrait qui tourne court : « une jeune personne d'une beauté... » ?

Le valet, lui, sait manier les mots. La longueur des répliques au cours de la scène s'inverse ; celles de Figaro prennent de l'ampleur au détriment de celles du maître. Figaro utilise des métaphores pittoresques, telles que « vous faites ici l'amour en perspective » [= vous courtisez de loin, avec espoir] ou « pesez tout à cette balance ». Il qualifie Rosine de « Joli *oiseau* ! difficile à *dénicher* ». Il a recours à des procédés de style variés: ainsi, il discrédite la «probité» de Bartholo par la périphrase «tout juste assez pour n'être point pendu»; à la place de «moi», il dit pompeusement «de la main de votre serviteur». Ailleurs, il rend compte de son activité inlassable par de vigoureux groupes ternaires: il est «barbier, chirurgien, apothicaire» et manie le «rasoir, la lancette, le piston». Il n'est jamais à court de qualificatifs pittoresques: c'est Bartholo lui-même que l'on voit «rusé, rasé, blasé...». Enfin, il parle en philosophe et use de maximes: «Oh! ces femmes! voulez-vous donner de l'adresse à la plus ingénue? enfermez-la».

### Renversement, oui ; bouleversement, non !

Cependant Figaro reste encore dans les limites de la tradition et remplit les fonctions classiques du valet. Il est ainsi normal que les informations qu'il détient servent à faire avancer l'intrigue, en rendant l'amour du Comte possible: c'est le rôle habituel du valet que d'avoir «de l'accès» dans la maison et d'en tirer son savoir. Il est traditionnel aussi que son assurance face au maître crée le comique. Enfin, la finesse de Figaro n'exclut pas la permanence chez lui de certains traits populaires: il a gardé le goût du jeu, du déguisement qui animait Scapin. Par ailleurs, il ne remet pas en cause le statut du Comte: il agit *pour* son maître, qui voit en lui désormais un «ami», et non *contre* lui. Nulle revendication, nulle ambition sociale, mais seulement le désir de mener le jeu.

## CONCLUSION

Cet extrait marque l'avènement de Figaro comme pièce maîtresse de l'intrigue et met en valeur sa supériorité sur son maître. Ce renversement des rôles s'effectue ici à travers le langage; il se concrétisera dans la suite de la scène: Figaro y échafaude un plan et fait répéter au Comte le rôle de «soldat ivre» qu'il aura à tenir pour pénétrer chez Bartholo et voir Rosine.

# Texte 2 | Acte II, scène 7

*La Jeunesse arrive en vieillard, avec une canne en béquille ; il éternue plusieurs fois.*

L'ÉVEILLÉ, *toujours bâillant.* — La Jeunesse ?

BARTHOLO. — Tu éternueras dimanche.

LA JEUNESSE. — Voilà plus de cinquante... cinquante fois... dans un moment ! (*Il éternue.*) Je suis brisé.

BARTHOLO. — Comment ! Je vous demande à tous les deux s'il est entré quelqu'un chez Rosine, et vous ne me dites pas que ce barbier...

L'ÉVEILLÉ, *continuant de bâiller.* — Est-ce que c'est quelqu'un donc, M. Figaro ? Aah ! ah...

BARTHOLO. — Je parie que le rusé s'entend avec lui.

L'ÉVEILLÉ, *pleurant comme un sot.* — Moi... Je m'entends !....

LA JEUNESSE, *éternuant.* — Eh mais, Monsieur, y a-t-il... y a-t-il de la justice ?....

BARTHOLO. — De la justice ! C'est bon entre vous autres misérables, la justice ! Je suis votre maître, moi, pour avoir toujours raison.

LA JEUNESSE, *éternuant.* — Mais, pardi, quand une chose est vraie...

BARTHOLO. — Quand une chose est vraie ! Si je ne veux pas qu'elle soit vraie, je prétends bien qu'elle ne soit pas vraie. Il n'y aurait qu'à permettre à tous ces faquins-là d'avoir raison, vous verriez bientôt ce que deviendrait l'autorité.

LA JEUNESSE, *éternuant.* — J'aime autant recevoir mon congé. Un service terrible, et toujours un train d'enfer !

L'ÉVEILLÉ, *pleurant.* — Un pauvre homme de bien est traité comme un misérable.

BARTHOLO. — Sors donc, pauvre homme de bien ! (*Il les*

*contrefait.*) Et t'chi et t'cha ; l'un m'éternue au nez, l'autre m'y bâille.

LA JEUNESSE. — Ah, Monsieur, je vous jure que sans Mademoiselle, il n'y aurait… il n'y aurait pas moyen de rester dans la maison. (*Il sort en éternuant.*)

BARTHOLO. — Dans quel état ce Figaro les a mis tous ! Je vois ce que c'est : le maraud voudrait me payer mes cent écus sans bourse délier.

## INTRODUCTION

### Situation du passage

Bartholo enrage que Figaro ait pu approcher Rosine et qu'il ait mis à mal toute sa maisonnée en saignant Marceline, en administrant un narcotique à L'Éveillé et un sternutatoire à La Jeunesse. Le spectateur a assisté à une scène très tendue entre Bartholo et Rosine (I, 3). La nécessité d'une détente se fait sentir. Bartholo convoque ses deux valets. L'Éveillé est arrivé le premier, tout ensommeillé, bâillant à se décrocher la mâchoire. Voici La Jeunesse qui s'approche en éternuant.

### Axes de lecture

C'est un épisode très fréquent dans les comédies que celui où un maître querelle ses valets (Arnolphe avec Alain et Georgette dans *L'École des femmes* ; Harpagon avec La Merluche et Brindavoine dans *L'Avare*). On retrouve dans ce passage des traits traditionnels de la comédie, notamment les types de comique, souvent grotesque, parfois plus subtil. Mais un aspect nouveau apparaît : sous cette bouffonnerie percent la satire sociale et les revendications du XVIIIe siècle. Ainsi, cette scène ne présente pas de structure rigoureuse ; elle repose en effet sur une sorte de dialogue de sourds, qui rebondit au gré du bon vouloir de Beaumarchais, combinant répliques comiques et traits de satire et de critique sociales.

## LA TRADITION : UN INTERMÈDE COMIQUE

Cette scène mêle deux sortes de comique : d'une part le grotesque, hérité de la farce et peu nuancé, d'autre part un comique plus subtil, créé surtout par la peinture des caractères.

### Le comique de farce : le grotesque

Le comique de farce est déjà sensible dès l'apparition des deux valets, à travers leur sobriquet antiphrastique : L'Éveillé est « sot » et endormi, La Jeunesse est un vieillard.

Le comique de gestes, souligné par les didascalies, vient ensuite appuyer cette entrée grotesque et crée la caricature : l'un « bâille » et pleure « comme un sot », l'autre « éternue [...] cinquante fois ».

Le comique de mots est également parfois très gros : les mots se trouvent hachés par les bâillements et les éternuements (« y a-t-il... y a-t-il de la justice ? »). Bartholo injurie ses valets, les traitant de « misérables », « faquins », « maraud ». Il a recours à l'antiphrase ironique, lorsqu'il qualifie L'Éveillé de « rusé ».

Le parler des valets, syntaxiquement et lexicalement populaire, fait aussi sourire. Parfois la phrase n'a pas de verbe (« Un service terrible, et toujours un train d'enfer ») ; parfois elle est incorrecte (« Moi, je m'entends ! »). Certains termes, comme l'interjection familière « pardi », créent un style provincial.

Enfin, quand Bartholo « contrefait » ses deux valets, son imitation parodique produit des effets d'échos déformants amusants : Bartholo singe L'Éveillé en reprenant l'expression « pauvre homme de bien » ; il imite les éternuements de La Jeunesse (« et t'chi et t'cha »).

### Un comique plus subtil

Cette scène présente aussi un comique plus fin et subtil qui repose sur les caractères.

La naïveté de certains propos des valets fait sourire : La Jeunesse parle d'« un train d'enfer » expression amusante dans sa bouche de personnage indolent. L'Éveillé semble supposer que Figaro n'est pas «quelqu'un» (l. 10): il y a là un jeu sur le sens du pronom qui, pour Bartholo, signifie «n'importe qui», et pour L'Éveillé «quelqu'un d'important».

Enfin, Bartholo égaie ces scènes par son caractère: il ne décolère pas, comme en témoignent les phrases exclamatives souvent elliptiques («De la justice?»; «Comment!»). Il renforce ses phrases de pronoms toniques (« Je suis votre maître, *moi,...* » ; « C'est bon entre *vous autres*, misérables, la justice!»). Il a des obsessions: celle du complot, par exemple; il soupçonne ainsi «que le rusé (L'Éveillé) s'entend avec lui (Figaro)». Il revient sans cesse sur la dette de «cent écus» de Figaro. Enfin, sa clairvoyance est en défaut, ce qui réjouit le spectateur: en effet Bartholo croit à tort que Figaro a multiplié les soins médicaux à ses domestiques pour les lui facturer en compensation de sa dette.

## MAÎTRE-VALETS : SATIRE SOCIALE ET CRITIQUE

Beaumarchais souhaitait que les acteurs n'exagèrent pas l'intensité des éternuements et les gros effets de comique. Il voulait que les répliques restent intelligibles. Ces scènes ont en effet un intérêt qui dépasse le simple comique: elles ont une certaine portée satirique et critique.

### La satire sociale et politique

Ce face-à-face entre maître et valets met en évidence certains travers de la société.

Elle dénonce la brutalité sans merci des maîtres: L'Éveillé se plaint en effet d'être «traité comme un misérable»; de même, si Bartholo lance «tu éternueras dimanche», c'est que, le dimanche étant un jour de repos, ses éternuements ne gêneront pas son travail.

En outre, apparaît ici la revendication, de la part du maître, de sa toute-puissance et de son infaillibilité. Elle se marque dans l'insistance sur le pronom personnel de la première personne («*je* suis votre maître, *moi...*») ou la nuance péjorative et méprisante des adjectifs démonstratifs qui désignent les valets, (« tous *ces* faquins-là, *ce* Figaro »). Quand Bartholo réaffirme la loi du plus fort et prétend avoir toujours raison, il semble qu'il érige en règle morale le constat de La Fontaine dans « Le Loup et l'Agneau » : « La raison du plus fort est toujours la meilleure ».

Politiquement, le poids de « l'autorité », c'est-à-dire du pouvoir politique (comme dans l'acte I, scène 3), est réaffirmé par un Bartholo réactionnaire ; mais cette valeur est ridiculisée, car elle est défendue de façon odieuse et sotte par un personnage antipathique.

Au fond, ici, Bartholo pose un problème plus général : celui des rapports iniques entre les puissants et les pauvres.

### La critique morale et philosophique

Bartholo tient aussi des propos moralement graves en lançant : « *De la justice ! C'est bon entre vous autres misérables...* » Il confond ainsi les notions d'autorité et de justice et nie la nécessité de la justice, valeur primordiale au XVIIIe siècle. Il soutient aussi qu'il y a une morale et une « vérité » différentes pour les domestiques et pour les maîtres : « je suis votre maître, moi, pour avoir toujours raison » ; en outre, selon lui, la vérité n'aurait pas de fondements moraux, mais sociaux, et serait arbitraire : « Si je ne veux pas qu'elle soit vraie, je prétends bien qu'elle ne soit pas vraie ».

On comprend clairement que Beaumarchais prend le contre-pied de ces *a priori* et qu'il soutient là les idées de ses contemporains, reprises quelques années plus tard dans la Déclaration des droits de l'Homme et du Citoyen : « tous les hommes naissent et demeurent égaux en droit ».

## CONCLUSION

Ces scènes ont pour but de détendre l'atmosphère, mais ce n'est pas leur unique fonction. Au fur et à mesure que le comique s'intensifie, elles ont un poids satirique plus important ; la portée sociale suit une progression parallèle à celle du comique. Si elles n'ont pas de grande incidence sur l'action, elles portent déjà en germe les revendications sociales développées dans le reste de la pièce.

# Texte 3 | Acte II, scène 8

BARTHOLO. — Singulier moyen de se défaire d'un homme !

BAZILE. — La calomnie, Monsieur ! Vous ne savez guère ce que vous dédaignez ; j'ai vu les plus honnêtes gens près d'en être accablés. Croyez qu'il n'y a pas de plate méchanceté, pas d'horreurs, pas de conte absurde, qu'on ne fasse adopter aux oisifs d'une grande ville en s'y prenant bien : et nous avons ici des gens d'une adresse !... D'abord un bruit léger, rasant le sol comme hirondelle avant l'orage, *pianissimo* murmure et file, et sème en courant le trait empoisonné. Telle bouche le recueille, et *piano*, *piano*, vous le glisse en l'oreille adroitement. Le mal est fait ; il germe, il rampe, il chemine, et *rinforzando* de bouche en bouche il va le diable ; puis tout à coup, ne sais comment, vous voyez calomnie se dresser, siffler, s'enfler, grandir à vue d'œil ; elle s'élance, étend son vol, tourbillonne, enveloppe, arrache, entraîne, éclate et tonne, et devient, grâce au Ciel, un cri général, un *crescendo* public, un *chorus* universel de haine et de proscription. Qui diable y résisterait ?

BARTHOLO. — Mais quel radotage me faites-vous donc là, Bazile ? Et quel rapport ce *pianocrescendo* peut-il avoir à ma situation ?

## INTRODUCTION

### Situation du passage

Bazile, maître de musique de Rosine, vient annoncer à Bartholo ce que le spectateur sait déjà : le Comte Almaviva est à Séville et c'est un rival dangereux. Bartholo songe alors à l'assassiner, mais Bazile suggère une autre solution : la calomnie. Pour mieux convaincre Bartholo, Bazile se lance dans une tirade célèbre où il fait, dans un style saisissant, l'éloge de la calomnie.

## Axes de lecture

Cette tirade n'a pas de réelle incidence sur l'action et on la considère souvent comme aisément supprimable. Mais c'est un véritable morceau de bravoure plein de virtuosité et propre à convaincre Bartholo. C'est aussi une tirade qui dépeint bien son auteur Bazile, l'intrigant véreux et diabolique, figure de prêtre inquiétante.

# LA TECHNIQUE ORATOIRE D'UN MUSICIEN

Bazile met en œuvre toutes les ressources du style pour frapper et convaincre, avec une maîtrise étonnante de la technique oratoire.

## Une structure en trois mouvements

La tirade, dont la composition est savamment étudiée, comprend trois mouvements, comme un morceau de musique; une ouverture sombre donne le thème du passage: les buts de la calomnie (accabler « les plus honnêtes gens ») et ses moyens: la « méchanceté », les « horreurs », les « conte(s) absurde(s) ». Puis un mouvement en *crescendo* traduit la progression de la calomnie soulignée par des indications temporelles et musicales: sa naissance d'abord « *pianissimo* », ses progrès « *piano* », son accélération et son intensification « *rinforzando* », puis « tout à coup » sa victoire en une explosion « *crescendo* » en « *chorus* ». La tirade se termine avec un point d'orgue, c'est-à-dire sur une sorte de « note » prolongée, sous forme d'interrogation rhétorique.

## L'habileté argumentative

L'habileté consiste d'abord à souligner l'ignorance de Bartholo en la matière (« vous ne savez guère... »): ainsi Bazile se pose en maître. Puis, il souligne les résultats de la calomnie *avant* d'en faire la description. Pour mieux persuader, Bazile utilise un autre procédé rhétorique, un groupe ternaire composé de mots péjoratifs: « pas de plate méchanceté, pas d'horreurs, pas de conte absurde... » Il insiste aussi sur le pouvoir de son réseau d'indicateurs en suggérant implicitement leur efficacité par des points de suspension : « des gens d'une adresse !.... »

Bazile a ainsi clairement donné la définition de la calomnie : 1. Ses moyens de transmission (« les oisifs »). 2. Le milieu privilégié (« une grande ville »). 3. Le savoir-faire (« *en s'y prenant bien* »).

L'habileté de Bazile se marque aussi dans la pause théâtrale qu'il ménage avant de se lancer dans la description proprement dite de la calomnie : les points de suspension (l. 7) correspondent à un silence dans un morceau de musique. Après cela, sans lien logique, pour mieux surprendre, il change de perspective : il passe de l'explication à la mise en scène de la calomnie (« D'abord... »).

## Une description saisissante

Bazile sollicite les sens de Bartholo. Tout d'abord, l'ouïe : il donne des indications techniques d'intensité. On passe ainsi de *pianissimo* (très doucement), à *piano* (doucement), à *rinforzando* (en renforçant), à *crescendo* (en augmentant le volume) pour arriver au *chorus* (chœur) final. Bazile a recours au champ lexical du son : « bruit », « murmure », « siffler », « tonne », « cri ». Il choisit les mots pour leurs sonorités suggestives ; la plus saisissante est l'allitération en sifflantes qui reproduisent le sifflement de ce serpent qu'est devenu la calomnie (*s*ol ; pianis*s*imo ; *s*ème ; *s'*élance ; *s*on vol ; *s*e dresser, *s*iffler, *s'*enfler). Bazile invite Bartholo à s'imaginer le monstre par le champ lexical de la vue (« vous voyez », « à vue d'œil ») et par diverses images (« comme hirondelle avant l'orage »).

La description suit un rythme calqué sur la progression du mal : l'auditeur est étourdi par l'accumulation et la juxtaposition de termes dont chacun renforce le précédent (« tourbillonne », « enveloppe », « arrache »...). Le rythme s'appuie sur la gradation croissante de la longueur des membres de phrase, tel : « il germe, // il rampe, // il chemine, // et *rinforzando* de bouche en bouche il va le diable ».

Enfin, partout dans la tirade, Bazile fait allusion aux mouvements qui suivent la progression sonore : horizontaux d'abord (« raser »,

« file », « courant », « rampe », « chemine »), puis verticaux allant du sol au ciel (« rasant le sol », « germe », « se dresser », « s'enfler », « grandir », « s'élance », « vol », « tonne »).

## UNE TIRADE QUI DÉPEINT SON AUTEUR

Cette tirade dépeint Bazile, l'âme damnée de Bartholo, à mi-chemin entre le traître de la tragédie et l'intrigant louche de la comédie. Ainsi, à travers cette figure inquiétante d'ecclésiastique, Beaumarchais dresse la satire du clergé.

### Un être à l'imagination inquiétante

La tirade traduit l'imagination inquiétante de son auteur. Bazile a en effet une prédilection pour le fantastique. Par de multiples images, notamment des métaphores, il rend inquiétantes les métamorphoses de la calomnie : d'hirondelle « rasant le sol », elle devient guerrier au « trait empoisonné », plante qui « germe », reptile qui « rampe », monstre qui « s'enfle », oiseau qui « étend son vol », enfin ouragan, force de la nature qui « tonne, tourbillonne, arrache ». Certaines de ces transformations ont été habilement préparées : « l'hirondelle avant l'orage » annonce l'oiseau qui « étend son vol ».

Plusieurs termes évoquent des réalités effrayantes et menaçantes : « rasant » annonce l'orage qui « tonne », « germe » suggère la maladie insidieuse, « trait empoisonné » évoque la mort et « rampe » l'hypocrisie. D'autres mots suggèrent aussi la cruauté ou la malignité : « *empoisonné*, *mal*, *haine* et *proscription* ».

L'allégorie qui représente « calomnie », idée abstraite, sous la forme concrète d'un monstre apocalyptique, trahit également l'imagination inquiétante de son auteur.

### Un portrait négatif du clergé

La tenue stricte et noire qu'arbore Bazile indique son état d'ecclésiastique. Prêtre, il se pose en directeur de conscience de Bartholo

(« Croyez... ») : le pouvoir de persuasion de Bazile se marque dans le silence de Bartholo, tout étourdi après cette tirade.

Mais Bazile a-t-il les vertus qu'on attend d'un membre du clergé ? Son domaine de prédilection est plutôt l'enfer ; il prend ainsi plaisir à évoquer le diable (« *qui diable y* résisterait ? ») et, par une ironie cynique et provocatrice, il en appelle au ciel (« grâce au ciel »). Son goût du mal se traduit dans des termes comme « méchanceté », « horreur », « haine ». Son esprit le porte vers ce qui est dissimulé (« murmure », « vous le glisse en l'oreille », « il rampe »). Son imagination lui fait concevoir un être cauchemardesque tel que pouvaient les représenter les peintres de l'Enfer. Son plaisir sadique devant le malheur des calomniés a aussi quelque chose de diabolique. On sent là de la part de Beaumarchais une satire humoristique : celle d'un clergé bien éloigné des valeurs chrétiennes.

## CONCLUSION

Beaumarchais pressentait la critique que ce morceau de bravoure visiblement rajouté pour le plaisir, pouvait susciter ; il s'amuse à en faire souligner par Bartholo lui-même l'invraisemblance et la gratuité : « Mais *quel radotage* me faites-vous donc là ? Et *quel rapport* ce piano crescendo peut-il avoir à ma situation ? ». Mais il faut avouer que c'est un morceau réussi, s'il trouve un interprète qui a le souffle nécessaire pour en rendre la virtuosité. Par ailleurs, Beaumarchais y précise les contours de Bazile, personnage inquiétant, et en profite pour dessiner une satire du clergé. Enfin, c'est un morceau qui se prêtait à sa transposition musicale par Rossini en un air de basse très célèbre (voir p. 92).

# Texte 4 | Acte III, scène 11

BAZILE, *à part.* — Qui diable est-ce donc qu'on trompe ici ? Tout le monde est dans le secret !

BARTHOLO, *haut.* — Eh bien, Bazile, votre homme de loi ?....

FIGARO. — Vous avez toute la soirée pour parler de l'homme de loi.

BARTHOLO, *à Bazile.* — Un mot ; dites-moi seulement si vous êtes content de l'homme de loi.

BAZILE, *effaré.* — De l'homme de loi ?

LE COMTE, *souriant.* — Vous ne l'avez pas vu, l'homme de loi ?

BAZILE, *impatienté.* — Eh ! non, je ne l'ai pas vu, l'homme de loi.

LE COMTE, à Bartholo, *à part.* — Voulez-vous donc qu'il s'explique ici devant elle ? Renvoyez-le.

BARTHOLO, *bas au Comte.* — Vous avez raison. (À Bazile.) Mais quel mal vous a donc pris si subitement ?

BAZILE, *en colère.* — Je ne vous entends pas.

LE COMTE, *lui met, à part, une bourse dans la main.* — Oui, monsieur vous demande ce que vous venez faire ici, dans l'état d'indisposition où vous êtes.

FIGARO. — Il est pâle comme un mort !

BAZILE. — Ah ! je comprends…

LE COMTE. — Allez vous coucher, mon cher Bazile : vous n'êtes pas bien, et vous nous faites mourir de frayeur. Allez vous coucher.

FIGARO. — Il a la physionomie toute renversée. Allez vous coucher.

BARTHOLO. — D'honneur, il sent la fièvre d'une lieue. Allez vous coucher.

ROSINE. — Pourquoi donc êtes-vous sorti ? On dit que cela se gagne. Allez vous coucher.

BAZILE, *au dernier étonnement.* — Que j'aille me coucher !

TOUS LES ACTEURS ENSEMBLE. — Eh ! sans doute.

BAZILE, *les regardant tous.* — En effet, messieurs, je crois que je ne ferai pas mal de me retirer ; je sens que je ne suis pas ici dans mon assiette ordinaire.

BARTHOLO. — À demain, toujours, si vous êtes mieux !

LE COMTE. — Bazile ! je serai chez vous de très bonne heure.

FIGARO. — Croyez-moi, tenez-vous bien chaudement dans votre lit.

ROSINE. — Bonsoir, monsieur Bazile.

BAZILE, *à part.* — Diable emporte si j'y comprends rien ; et sans cette bourse…

TOUS. — Bonsoir, Bazile, bonsoir.

BAZILE, *en s'en allant.* — Eh bien ! bonsoir donc, bonsoir. (*Ils l'accompagnent tous en riant*).

## INTRODUCTION

### Situation du passage

Le second stratagème du Comte, c'est-à-dire son déguisement en « élève de Don Bazile » venu donner une leçon de musique à Rosine semble bien fonctionner. Mais arrive, impromptu, Bazile que Bartholo croyait malade. Cet imprévu provoque la stupéfaction de Bartholo et la panique des autres personnages ; en effet, Bazile peut tout compromettre. Il faut prendre Bazile de court avant qu'il ne démasque Almaviva. D'abord, chacun s'efforce d'empêcher Bazile de parler ; celui-ci devine qu'il y a là quelque chose de louche, mais se résigne à se taire. Il s'agit maintenant pour les autres personnages de le faire partir.

## Axes de lecture

Toute la scène constitue un intermède sans incidence sur l'action. En effet, une fois Bazile éconduit, le cours des événements reprendra là même où Beaumarchais l'avait laissé. Beaumarchais s'amuse donc dans cette scène à compliquer l'intrigue, à frôler la catastrophe.

En fait, Beaumarchais veut faire rire les spectateurs. Le passage oppose aussi d'une part l'habileté du Comte, d'autre part la stupidité de Bartholo et la cupidité de Bazile.

## LES RESSORTS DU COMIQUE

Le comique de la scène tient essentiellement à deux procédés: d'abord la présence de refrains qui créent un rythme endiablé, ensuite la complication volontaire de l'action fondée sur un incroyable quiproquo.

### Un tempo endiablé : rythme et accélération

Le passage est construit sur des chœurs à plusieurs voix et des répétitions en écho: le premier refrain, initié par Bartholo, a pour thème « l'homme de loi » que Bazile devait contacter pour le mariage de Bartholo et Rosine. Si Rosine venait à comprendre cette allusion, ce serait une catastrophe. Chacun reprend ce thème, mais sur un ton différent; en effet la variation dans l'intonation de ce refrain est nuancée par les sentiments différents de chacun indiqués par les didascalies: Bazile le dit d'abord sur un ton « effaré », le Comte enjoué le prend au vol en « souriant », Bazile le reprend « impatienté ». Ce procédé qui accélère le tempo est repris plus loin avec le « allez vous coucher ». Un troisième chœur enfin s'élève avec le « Bonsoir, Bazile ».

Ces reprises, où se succèdent différents timbres de voix, culminent enfin dans un chœur en parfait unisson où « TOUS LES ACTEURS ENSEMBLE » s'écrient: « Eh ! sans doute ».

Cependant Beaumarchais introduit des variantes dans ces répétitions. Ainsi, parfois les mots ne sont pas repris exactement, mais les variations se font autour d'un même champ lexical. Lorsque tous feignent de s'affoler de la mauvaise mine de Bazile, chaque personnage renchérit sur le précédent : Bazile, selon Figaro, est « pâle comme un mort » ou « a la physionomie toute renversée » ; selon le Comte, il est à « mourir de frayeur » ; selon Bartholo, il « sent la fièvre d'une lieue ». Ainsi, le champ lexical de la maladie semble engendrer le mal, au point que Bazile lui-même s'écrie : « je sens que je ne suis pas ici dans mon assiette ordinaire ».

Le comique naît donc de ces répétitions en chœur qui sont un exemple de ce que le philosophe Bergson dans son essai *Le Rire* appelle le « mécanique plaqué sur du vivant ».

## Le comble du quiproquo

Cet extrait présente aussi une autre forme de comique, non plus de mots, mais de situation. Bazile souligne lui-même la complexité du quiproquo, c'est-à-dire du malentendu : « Qui diable est-ce qu'on trompe ici ? », lance-t-il. Effectivement l'imbroglio est si serré qu'il est difficile de répondre à cette question.

Le premier trompé est Bazile qui saisit, mais confusément, que la situation est louche. Il ne sait pas qui est ce personnage qui « lui met, à part, une bourse dans la main ». Mais Bartholo aussi est berné. Il ne connaît toujours pas la véritable identité d'Alonzo ; et le comble est qu'il participe lui-même à la tromperie dont il est victime : en effet, il obéit aux conseils d'Alonzo, réclame le départ de Bazile et compromet ainsi involontairement son propre mariage.

Les personnages ont des raisons différentes de congédier Bazile, mais, paradoxalement, leur désaccord se transforme en une belle unanimité pour le faire partir, totalement éberlué. C'est là un chef-d'œuvre de construction comique : le spectateur se réjouit de tout comprendre dans la confusion de cet imbroglio.

## HABILETÉ CONTRE STUPIDITÉ ET CUPIDITÉ

Cette fin de scène met aussi en présence deux forces opposées : d'une part l'habileté du Comte, d'autre part la stupidité de Bartholo et la cupidité de Bazile.

### Le Comte, digne élève de Figaro

Dans cette opération « anti-Bazile », Figaro peut constater les progrès de son « élève » : en effet, le Comte mène ici le jeu avec brio. Ainsi, pour ne pas éveiller les soupçons, le Comte, par sa question « Vous ne l'avez pas vu, l'homme de loi ? », feint, un peu dangereusement, de s'associer aux préoccupations de Bartholo ; c'est précisément cette audace qui fait que Bartholo s'unit alors sans méfiance à la tentative d'expulsion de Bazile.

Le Comte trouve ensuite une raison pour que Bartholo ne pose plus de questions : il l'avertit à voix basse qu'il vaut mieux que Rosine ignore tout du mariage imminent. Après cette adroite mise en confiance, c'est lui encore qui trouve l'idée de faire décamper Bazile, mais il se garde de donner l'ordre lui-même ; il suggère à Bartholo de s'en charger.

Le Comte sait aussi au moment opportun passer à l'action. Quand Bazile se met *en colère* et devient dangereux, le Comte recourt à un argument de poids, la corruption : il lui tend *une bourse*. C'est la preuve qu'il a retenu les informations de Figaro sur Bazile, « un pauvre hère... à genoux devant un écu » (I, 6). Enfin, c'est encore le Comte qui lance le refrain décisif « allez vous coucher » qui fera sortir Bazile.

### Faiblesses de Bartholo et de Bazile

Face au Comte, Bartholo semble avoir définitivement perdu sa lucidité des deux premiers actes : ne s'associe-t-il pas à la stratégie du Comte ? Étourdi par le tourbillon final, c'est lui-même qui lance le refrain sur le « mal qui a pris si subitement » Bazile. Il se fait ainsi l'artisan de son propre malheur : il a du coup perdu son seul allié, Bazile.

Bazile, lui, à cause de ses travers, devient involontairement l'adversaire de Bartholo. En effet, comme l'annonçait Figaro, il est « facile d'en venir à bout » (I, 6). Tout d'abord, il ne comprend qu'à moitié ce qui lui arrive ; il est par ailleurs d'humeur changeante, comme l'indiquent les didascalies : il est « effaré », puis « impatienté », mais sa colère devient vite résignation marquée par son « eh bien » final. Cette scène met aussi en évidence sa vénalité : une « bourse » le rend docile et suffit à lui faire comprendre où est son intérêt.

## CONCLUSION

Beaumarchais s'étonne que les critiques n'aient pas accordé plus d'importance à « la scène de stupéfaction de Bazile [...] qui a paru si neuve au théâtre, et tant réjoui les spectateurs ». Il a en effet introduit dans cette scène un incroyable *imbroglio,* qui entraîne le spectateur dans un mouvement alerte. Puis il fait triompher, du moins momentanément, le camp des amoureux sur celui des personnages odieux. On ne s'étonne pas que la scène ait fourni à Rossini un thème idéal pour un air d'ensemble à grand effet dans son opéra adapté de la pièce de Beaumarchais (voir p. 92)

# Texte 5 | Acte IV, scène 6

*Figaro allume toutes les bougies qui sont sur la table.*

LE COMTE, *à ses pieds.* — Ah ! Rosine ! Je vous adore !...

ROSINE, *indignée.* — Arrêtez, malheureux !... vous osez profaner... ! tu m'adores !... Va ! tu n'es plus dangereux pour moi ; j'attendais ce mot pour te détester. Mais, avant de t'abandonner au remords qui t'attend, (*En pleurant.*), apprends que je t'aimais ; apprends que je faisais mon bonheur de partager ton mauvais sort. Misérable Lindor ! j'allais tout quitter pour te suivre. Mais le lâche abus que tu as fait de mes bontés, et l'indignité de cet affreux comte Almaviva, à qui tu me vendais, ont fait rentrer dans mes mains ce témoignage de ma faiblesse. Connais-tu cette lettre ?

LE COMTE, *vivement.* — Que votre tuteur vous a remise ?

ROSINE, *fièrement.* — Oui, je lui en ai l'obligation.

LE COMTE. — Dieux, que je suis heureux ! Il la tient de moi. Dans mon embarras, hier, je m'en suis servi pour arracher sa confiance, et je n'ai pu trouver l'instant de vous en informer. Ah, Rosine ! il est donc vrai que vous m'aimez véritablement !...

FIGARO. — Monseigneur, vous cherchiez une femme qui vous aimât pour vous-même...

ROSINE. — Monseigneur, que dit-il ?

LE COMTE, *jetant son large manteau, paraît en habit magnifique.* — Ô la plus aimée des femmes ! il n'est plus temps de vous abuser : l'heureux homme que vous voyez à vos pieds n'est point Lindor ; je suis le comte Almaviva, qui meurt d'amour, et vous cherche en vain depuis six mois.

ROSINE, *tombe dans les bras du Comte.* — Ah !...

LE COMTE, *effrayé.* — Figaro !

FIGARO. — Point d'inquiétude, Monseigneur : la douce émotion de la joie n'a jamais de suites fâcheuses ; la voilà, la voilà qui reprend ses sens. Morbleu, qu'elle est belle !

ROSINE. — Ah, Lindor !... Ah, Monsieur ! que je suis coupable ! j'allais me donner cette nuit même à mon tuteur.

LE COMTE. — Vous, Rosine !

ROSINE. — Ne voyez que ma punition ! J'aurais passé ma vie à vous détester. Ah, Lindor ! le plus affreux supplice n'est-il pas de haïr, quand on sent qu'on est faite pour aimer ?

FIGARO, *regarde à la fenêtre.* — Monseigneur, le retour est fermé ; l'échelle est enlevée.

LE COMTE. — Enlevée !

ROSINE, *troublée.* — Oui, c'est moi... c'est le Docteur. Voilà le fruit de ma crédulité. Il m'a trompée. J'ai tout avoué, tout trahi : il sait que vous êtes ici, et va venir avec main-forte.

## INTRODUCTION

### Situation du passage

À l'acte III, Rosine a écrit une lettre au Comte, qu'elle prend toujours pour Lindor. Mais le Comte a décidé d'abandonner cette lettre à Bartholo pour gagner sa confiance, lorsqu'il est venu chez Bartholo déguisé en élève de Bazile. Au début de l'acte IV, Rosine attend Lindor, qui a convenu avec elle de venir l'enlever de nuit. Mais Bartholo la surprend et lui montre sa lettre. Rosine croit alors que Lindor est un agent du Comte et qu'il l'a trahie. Désespérée et révoltée, Rosine avoue tout à Bartholo et accepte de l'épouser. Alors que Bartholo est allé chercher la police pour faire arrêter Lindor, celui-ci, accompagné de Figaro, arrive enfin par la fenêtre pour enlever Rosine. Elle l'accueille avec une extrême froideur.

## Axes de lecture

Cette scène présente une situation et des personnages qui pourraient figurer dans une tragédie. Mais elle n'est qu'une parodie des scènes tragiques : elle garde ainsi une tonalité comique.

# DES ALLURES DE TRAGÉDIE...

Cette scène de dépit amoureux comporte de nombreux éléments propres à la tragédie : son atmosphère, les sentiments exprimés par les personnages ainsi que leur langage.

## Une scène tragique : atmosphère, situation et personnages

« La pluie, la foudre et les éclairs » (scène 5) en pleine nuit, mais aussi les *bougies* allumées par Figaro créent une atmosphère de tragédie.

Par ailleurs, la situation de Rosine est celle des jeunes princesses amoureuses qui acceptent de se déclasser et de « partager le mauvais sort » d'un homme d'une classe sociale inférieure. La trahison, le « lâche abus » que Lindor a fait de sa lettre ne fait qu'ajouter à sa douleur.

Enfin, Figaro joue le rôle du « *confident* » (scène 5) tragique : avec bon sens, il rassure le Comte alarmé par l'évanouissement de Rosine : « Point d'inquiétude, Monseigneur ».

## Les sentiments de la tragédie

Les sentiments prennent par conséquent une tonalité pathétique. Rosine est animée par des états d'âme violents et contrastés que traduisent les verbes en opposition « te détester » et « t'aimais ». Son amour est si fort qu'il persiste, bien qu'elle croie qu'elle a été trahie par Lindor. C'est ce qui rend son dépit encore plus violent. Lorsqu'elle est rassurée sur l'amour du Comte pour elle, elle se sent « coupable » et pense avec effroi au « plus affreux supplice » qu'elle aurait eu à endurer si elle avait dû le « haïr » le reste de sa vie.

Ses attitudes aussi apparentent Rosine à une héroïne tragique : elle parle « en pleurant » ; elle tend la lettre à Lindor avec détermination : « Connais-tu cette lettre ? » Lorsque l'émotion est trop forte, elle s'évanouit. Enfin, le Comte a l'allure et les attitudes d'un héros tragique lorsque, « en habit magnifique », il se jette aux « pieds » de Rosine, parle « fièrement » ou encore jette son « large manteau ».

### Le ton et le style de la tragédie

C'est également par le style des personnages que la scène confine à la tragédie. Le langage du Comte est parfois un peu précieux : ainsi, pour se désigner lui-même, il a recours à la périphrase « l'heureux homme que vous voyez à vos pieds » ; il utilise des exclamations et des superlatifs hyperboliques exaltés tels que « Ô la plus aimée des femmes ! » C'est surtout dans la tirade de dépit de Rosine qu'on trouve des procédés de style tragiques : ainsi, comme dans la tragédie cornélienne, elle passe du vouvoiement au tutoiement pour s'adresser au Comte ; elle multiplie les imprécations : « Malheureux », « misérable » ; son vocabulaire est passionné (« profaner », « détester », « remords », « indignité ») et hyperbolique (« *le plus affreux supplice* »).

## MAIS UNE SCÈNE PARODIQUE ET COMIQUE

Ces éléments tragiques sont exagérés et déformés, ce qui donne à la scène une tonalité comique ; Beaumarchais prend plaisir à compliquer sa comédie jusqu'à la fin.

### Mise en scène et coups de théâtre

Ainsi le pathétique est appuyé et, par là, désamorcé ; les apostrophes de Rosine « Arrêtez, malheureux ! », « Misérable Lindor ! » sont hyperboliques, en décalage plaisant avec le reste de la pièce, et s'accompagnent de jeux de scène exagérés.

Par ailleurs, la tonalité tragique est vite effacée par le coup de théâtre provoqué par Figaro, lorsqu'il s'écrie « Monseigneur ! » : il apprend à point nommé à Rosine que Lindor et Almaviva ne font qu'un. Cet effet magique rappelle les «reconnaissances» dans les dénouements de Molière où un père retrouve son enfant grâce à un miraculeux concours de circonstances qui dénoue la situation. Du reste, même au moment le plus pathétique de la scène, le spectateur sait que tout va s'arranger: le sous-titre de la pièce, *La Précaution inutile*, et la présence enjouée de Figaro le rassurent, comme elles rassuraient le Comte (IV, 5: «N'es-tu point avec moi?»).

## Des personnages qui font sourire

Même Rosine, pourtant émouvante, fait sourire. Avec une certaine naïveté, elle reprend textuellement les mots de Bartholo à la scène 3 de l'acte IV; il lui avait lancé: «Connaissez-vous cette lettre?» et en parlant du Comte: «Voyez quel homme affreux». Ce sont exactement les termes de Rosine ici. Plus loin, après la «reconnaissance», elle s'accuse comme une enfant: «C'est moi...». Enfin, elle ne sait plus comment s'adresser au Comte et mélange les appellations: «Ah! Lindor!.... Ah monsieur!», ceci jusqu'à la fin de la scène.

Le comique vient aussi de l'émerveillement attendri du Comte, lui qui ne comprend rien à la froideur de Rosine et persiste dans ses déclarations amoureuses («Ah Rosine! Je vous adore!»). Plus loin, devant Rosine évanouie, «effrayé», il reste stupéfait, sans initiative, au point qu'il en appelle Figaro. Le valet, du reste, n'est pas insensible aux charmes de Rosine (« qu'elle est belle!»). Par ailleurs, son langage populaire détone avec son rôle de confident (« Morbleu»). Nous ne sommes décidément plus alors dans une tragédie.

## Un auteur qui s'amuse

Beaumarchais prend plaisir à faire alterner dans la scène tension et détente. L'atmosphère est tendue lorsque Rosine se croit trahie, détendue lorsque le Comte dévoile son identité; mais aussitôt après, une fois la situation apparemment rétablie, Beaumarchais, par jeu, crée le suspense par un dernier coup de théâtre: le «retour est fermé. L'échelle est enlevée».

Enfin, par goût de la complication, Beaumarchais introduit une nouvelle péripétie : Bartholo va-t-il revenir et surprendre le Comte ? On pourrait se demander où est passé Bartholo pendant tout ce temps ; or, Beaumarchais a prévu l'objection ; c'est Rosine elle-même qui explique : « il (Bartholo) va venir avec main-forte ».

## CONCLUSION

Cette scène est capitale parce qu'elle clarifie les relations entre Rosine et le Comte qui reprend enfin son identité. C'est donc un dénouement partiel de l'intrigue, qui marque le succès de l'entreprise du Comte : il voulait, disait-il, « être aimé pour soi-même » (I, 1) et non pour sa fortune ; il a ici la preuve que Rosine l'aime même « infortuné ». C'est aussi une scène variée, qui mêle les tonalités, tragique et comique. Enfin, par son mouvement, elle réjouit le spectateur et le tient en haleine jusqu'au bout.

# Bibliographie


## ÉTUDES SUR *LE BARBIER DE SÉVILLE* ET SUR BEAUMARCHAIS

- ARNOULD Jean, *La Genèse du* Barbier de Séville, Paris, Minard, 1965. Importante mise au point sur les différents états du texte du *Barbier de Séville* ; présentation juxtalinéaire très claire des différents manuscrits, très instructive pour étudier les travaux de retouches, les modifications apportées par l'auteur. Permet d'apprécier la supériorité de l'édition sur les manuscrits antérieurs.
- DESCOTES Maurice, *Les Grands Rôles du théâtre de Beaumarchais*, Paris, PUF, 1973. *Le Barbier de Séville* vu à travers ses diverses mises en scène ; analyse très vivante, intéressante et documentée des interprétations des principaux rôles ; indispensable pour l'étude d'un théâtre qui ne donne toute sa mesure que sur scène.
- JOUVET Louis, *Beaumarchais vu par un comédien,* Revue universelle, XXV, 1936.
- POMEAU René, *Beaumarchais, l'homme et l'œuvre,* Paris, Hatier, 1956. Étude très vivante, concentrée et complète de toute l'œuvre de Beaumarchais.
- ROUSSIN André, *Les Grandes Premières* : « Le Barbier de Séville », Conferencia, 15 septembre 1950. Point de vue original et enthousiaste d'un homme de théâtre qui expose les difficultés, propres à la dramaturgie de Beaumarchais, qui se posent à l'acteur (minutage, rythme...). Cet article s'oppose à celui de Jouvet cité plus haut.
- SAINTE-BEUVE, *Causeries du Lundi,* trois articles, Garnier, t. VI.
- SCHÉRER Jacques, *La Dramaturgie de Beaumarchais,* Paris, Nizet, 1954. Intéressante synthèse qui dégage l'unité de l'œuvre si diverse de Beaumarchais et étudie les principes de sa dramaturgie à travers toutes ses productions théâtrales.
- VAN TIEGHEM Philippe, *Beaumarchais par lui-même,* Paris, Seuil, 1960.

## DISCOGRAPHIE

- Sélections Sonores Bordas, avec M. Roux, D. Paturel, C. Rouvel...
- ROSSINI, Il Barbiere di Siviglia, 2720053 Deutsche Grammophon.

# Index

**Guide pour la recherche des idées**

## Amour



## Argent



## Argumentation, langage



## Autorité



## Bonheur

## Comique



## Déguisements et trompe-l'œil



## Maîtres et valets



## Mise en scène



## Musique

***Les références renvoient aux pages du Profil.***

**Bussière Camedan Imprimeries**
à Saint-Amand (Cher), France.
Dépôt légal : 45998 mars 2004. N° d'édit. : 45998. N° d'imp. : 041276/1.